感受边陲

名博眼中的

麻栗坡

主编·边城

FEEL THE BORDERLAND

云南大学出版社
YUNNAN UNIVERSITY PRESS

图书在版编目（CIP）数据

感受边陲:名博眼中的麻栗坡 / 边城主编. -- 昆
明:云南大学出版社, 2012
ISBN 978-7-5482-1307-9

Ⅰ.①感… Ⅱ.①边… Ⅲ.①纪实文学－作品集－中
国－当代 Ⅳ.①I25

中国版本图书馆CIP数据核字（2012）第253686号

策划编辑：聂　滨
责任编辑：石　可

出版发行：云南大学出版社
印　　装：昆明鹰达印刷有限公司
开　　本：7870mm×1092mm　1/16
印　　张：17
字　　数：260千
版　　次：2012年12月第1版
印　　次：2012年12月第1次印刷
书　　号：ISBN 978-7-5482-1307-9
定　　价：35.00元

地址：云南省昆明市翠湖北路2号云南大学英华园内（650091）
电话：（0871）5031070/5033244
E-mail:market@ynup.com

序言

走进忐忑纷杂多彩的网络世界

边 城

　　近年来，麻栗坡县老老实实做了一些惠及民生的项目，很多项目不声不响的完成后，外面来的人很吃惊，感动他们的倒不是项目投资的额度，而是穷山沟里做项目规划、策划时顺应自然、以人为本的理念，以及千方百计、精打细算的节约资金和不张扬埋头抓项目的态度。相比现在不少地方，事情还没做就开始吹喇叭的做派，觉得我们老实了，而老实人就吃亏多！因此，不少人建议要多做宣传。

　　其实，宣传工作各个地方都在做，只不过一般的宣传引不起大家的关注，多数人只对网络媒体的负面消息感兴趣，本来明明白白的一件事要在媒体特别是网络传媒上说清楚它是十分困难的。因为在做事的过程中出现的一些瑕疵和偶然的因素，在网络上会被无限度地放大，正所谓"好事不出门，恶事传千里"，当你触犯到人的利益，不论利益主体是合法的还是非法的，是正义还是邪恶的，人家要维权，现在可是文明社会，不兴动手，只能打嘴仗，就有可能炒作。有的利益主体的存在本身就是以妨害公共利益的形式来实现的。我们在整顿矿业秩序、整合矿产资源的过程中，曾经吃过不少网络媒体的"哑巴亏"，明明取缔的是搞污染的小企业，整顿的是私挖滥采的小矿主，经过维权人士介入炒作，马上颠倒黑白，引来一片讨伐之声。

云南的文友风之末端、董保延老师和云南新浪的刘伟几位建议：做事是不怕人看的，搞个笔会，请一些网络名博来麻栗坡，让他们自己看，自己说。

对这个提议，我开始的感觉是特别的不靠谱，因为在此之前，我对网络的印象是比较复杂的。对网络舆论，我当时的基本看法是：爱恨交织，爱其快、便、广、全、新；恨其偏激、自大、恶炒，有理讲不清，中了招还找不到说理的地方。多年的观察我对网媒的评价是：民主的进步，人心的乱源；百姓的平台，政治家的舞台，阴谋家的后台。感觉在网上发博跟帖的良莠不齐，虚实交织。因此，我给自己定位了一个应对的基本态度：惹不起不能惹，躲不起又不能躲；爱它不要靠太近，恨它不能离太远；只要有一分的事要打点起十二分的精神对待。

搞文友笔会，我以前接触过的大多是文联组织的，书画啊什么的没有政治色彩，散文诗歌不会给当地带来麻烦，有些戏剧冲突的小说类反正也不好对号入座。虽然有些忐忑，但跟文化人、专家学者打交道，我感觉比接待上级领导还舒服自然，不用做作，不必谨小慎微，不用为苍蝇飞、蚊子咬、卫生间不好用、敬酒不热情这些屁事惹人不高兴。不是笔会吗，大家文友是平等的，想看什么自己看，想说什么自己说，该走路就走，该吃饭放开的吃，想放屁打呼噜的小点声就行。

在策划期间，我无意间看到韩寒的一篇博客，说的是接触一些地方官员时种种无知、自大的言行，觉得为他们感到羞愧，更加的坚定了搞这次笔会的信心，让民间的博主们来边疆看看基层干部的生存状态吧，不是所有的干部都是很差劲的，要不然这个社会就乱了！来看看基层真实的情况，想看什么就看什么，想拍什么就拍什么，可以不按规定的参观路线，可以不问村干部自己找老乡了解情况，看到正面的权当是"应该做的"，看到贫困落后的这也是中国真实的国情；看到有文化、有作为的基层干部你夸几句也是人之常情，看到没文化的平常的你也体谅基层的不容易。

如果要曝光一些不好的东西，也随他去。在一个贫困县，要想什么都做好是不可能的，想干好事的领导多了去，但没钱，或者没心、没主意，做成了的并不多；做一件事谁都说你好也是不可能的，比如你搞市政建设，征地啊、拆迁啊辛苦一阵子，不见得人人都满意；你费尽九牛二虎之力东拼西凑的建学校、建医院，遇上资金紧张时就差去坑蒙拐骗，也有人说估计是想借搞工程捞上一笔；你搞矿产资源整合，要求保护环境，规范开采，多数人的利益兼顾了，原来私挖滥采的就不高兴；你搞整村推进，分不到项目的村就有意见。开人代会、政协会大家提意见，城里的说要修路灯、有公共活动场所，农村的关心他们村子的公路、饮水。看到好一点的村子是常态，不要怀疑它只是"典型"；看到差一点的村子也是常态，咱不是初级阶段吗？所以，总体上和谐，也有一些不如意就正常了。如果你清官小说、电视看多了，把它代入现代社会，商品经济时代哪里还有夜不闭户、路不拾遗，哪个官员离任了，万人空巷来相送这些的纯粹是瞎扯淡，除非你叫人安排。这种场面只会有一种特殊的情况出现，那就是你勇斗歹徒不幸"光荣"，大家才会街头相送，为你掉上几滴泪。

所以，做事的目的，不是做给人看的，说你"太优秀了"，说"这个地方有你是个福气"啊这些的一般来说是你的下属，可能出于对你敬业的尊敬，也可能是因为你的职务关系，还有就是大家的客气话，反正当面大家都兴这么说。就像官员离任，开会宣布任免时，主持会议的和上级领导照例要对离任者作"高度评价"，不论他是善于做事还是作秀，是瞎混还是务实，是平庸还是有思想，是市侩政客还是特立独行，只要不是纪检反贪部门盯上的，照例的都要肯定"某某在任期间做了大量工作，作出重要贡献……"之类的，听了你得冷静点，权当是临别时说个"一路平安"式的吉利话吧！做事别指望一般的老百姓会感激你。如果有人说你不好，你得好好做事；如果有人说你好，你更要好好工作。但求无愧于心吧！在这个方面，我觉得纷杂的网络舆论还比较好些，对这些事不太感兴趣，毕竟是民间的力量，没有沾染官僚的八股习气。

民间舆情有好的习气，也有一些我个人认为比较纠结的方面，比如现在眼目前，网民关注的是两个极端，要么是"最美的什么什么"、"史上最强"之类的纯美好的愿望，不论它是普遍的还是特殊的；要么是对极低俗恶劣的讨伐，不论它是存在的还是虚拟的；而基本的国情和社会状况毕竟是由众多的常态构成的。当然，不论是官方的或是民间的，外国的还是中国的，新闻舆论都要有卖点，情绪的释放也需要找到宣泄点，有个出口，总是有好处。但大喜大悲持续太长的话，这个社会会不会发心脏病！

公职人员有时候动动自己的大脑想想人生哲学命题，思考自己在这个社会中的价值和位置还是需要的，为谋取和保住职位而不惜以各种资源做阶梯固然是可耻的；在正常稳定的状态和区域环境中想当英雄来拯救社会的想法也是幼稚的！任何社会阶段都不否定人的作用，但如果不能摆脱英雄情结，或以标准的人物形象来要求公众，于制度本身也是一种隐伤，我在一首诗中写了"历史已进入平民的时代，英雄的激情早应消退"。把现实社会的微观放大到整个世界的、宇宙的宏观去考量，这个地球离开了谁都在转呢！这个转的自然规律在社会中就是体制保障！

网络众生是不是也该思考这些问题呢？

在一个地方做事，我的理想是：傍晚在县城中漫步时，时不时地有市民跟你随意的打个招呼，很少有人来缠住你反映一些问题；如果离开了，不要再去担心是不是还有人记得你，按网络上的一句话，"让我沉了吧！"

在麻栗坡笔会期间，感觉到这些"民间人士"是自由自在惯了的，不需要也由不得你去摆布他们，爱说什么就说吧！这不：摄影家严建设老师还在网上发了一张我打哈欠的照片，同行的几位开玩笑说他有意的"丑化领导形象"！照片虽不雅观，但换种理解方式，这是人的正常生理现象，困了累了打哈欠也正常，谁让自己不小心让人逮着呢！

跟这些博主们相处，我给自己定了个调：说真话坦然相对，做好事赢得人心，亮观点不刻意迎合，担责任不推诿过失，讲原则不高调做秀。

大家可以讨论、争论，你可以不同意我的做法，保留自己的观点，包括你发的微博。比如这次有文友看到我们环境不错，建议我们不要发展工业，也不要种山地了，搞旅游就可以。我就不同意，保护环境是对的，搞旅游也是一种选择，但在这种选择足以养活我们，或者有一种公平的补偿机制之前，我们还是要发展工业，以更好地反哺农业，充分就业。毕竟，穷乡僻壤的，一年也等不来几个游人，几十万人的县，还得种地，还得吃饭不是！当然，我们在工业发展中，也要尽量考虑长远，保护环境，实现经济、社会、生态的可持续。我理解这些朋友担心的是我们的环境像大城市一样的糟糕。

这些博主们一踏上麻栗坡的土地，就写啊、拍啊、发啊的不消停，我注意看了，跟帖的网民也偶尔的有唱反调喝倒彩的，但总体上评价还是中性的、好的。人是有虚荣心的，看到说好的，谁会不高兴呢？

这次出版这本集子，我的意见是实话实说到底，把唱反调、喝倒彩的一些也放进去，权当是"纳谏"吧！我的感觉我们这个社会有时候会集体患上一种"富营养化加偏执狂"的毛病，媒体上不断的说空话、套话、大话，批评说假大空的也用唱高调的口吻，从官员到网民大家都争话语权，都认为自己是对的，有点什么事喜欢先入为主，听不得别人解释，都喜欢听好话、跟好贴、发好图，谁要唱反调给你扔个砖头啥的马上跟你急，有的还爆粗口。"富营养化加偏执狂"把自己弄得脑满肠肥，血脂高、血压高、心急火燎、自以为是。因此，大家都来点泻火的药，有时候吞点细菌有利于体内菌群平衡，排排毒对身体还是有好处的。允许他们把自己看到的写出来、说出来；允许他们有自己的观点，不要老想着去"招安"他们，但不能鼓励那种不到实地、不接触实情就在电脑上发议论误导网民的方式。没有个形形色色，怎么叫"社会"；芸芸众生，本来就千姿百态。当然也不要各行其是，一味地唱反调，总体上和谐就行，不然国家还不乱了套。

名博眼中的麻栗坡，是真实的镜头。不论这些博主以后来不来，我们都努力地埋头做事，争取让自己的、外面的人在麻栗坡看到好的东西多，不好的东西少。

这本集子，作者都是各位博主，我权充主编，来张罗这个事，总得有点文字的东西，因此作了一些小故事的点评，写了这篇序言，就这样吧！

注：这篇序言的每个字绝对是自己动手写的，绝非秘书代笔！在此郑重声明！

2012年5月29日于昆明

常怀忧党之心

恪尽兴党之责

目录 Contents

> 中篇　多彩边陲

▶ 下篇　红色记忆

主　编

　　边　城，男，回族，军人出身，云南省砚山县人，现为麻栗坡县公务员，出版了散文集《人间普洱》、诗歌书法集《边城诗稿》、散文集《走出国门》和纪实文学《矿伤》四部文学作品。

作 者

宾 语 媒体评论人、强国博客廉政评论员。曾在《人民日报》、《工人日报》、《中国青年报》等中央级媒体及省级以上报刊发表新闻作品3000多篇。多次获省级以上新闻奖，获得过中纪委全国纪检监察期刊优秀作者奖，编写过《安徽省党员干部廉政教育读本》。2011年被腾讯网评为"最值得阅读的博客"第二名。现为安徽法制网副总编。腾讯社会名博思想名博第一名，浏览量2.5亿人次。

博客地址：宾语的廉政空间。

严建设 旅行家，人民网图说中国陕西版主、新浪精英博主、腾讯认证名博、华商网民生栏目主持人和论坛版主。自小酷爱旅游、文学、摄影、书法，曾出版自传体长篇小说《一二三，上南关》。从影40余年，拍摄老照片6万余幅。自2007年来撰写原创博客，发布原创文章4000余篇近千万字、发布原创照片20万张许。在互联网上的个人网页数以亿计，影响极大，多次作为博客专家被省、市宣传部邀请参与推介旅游采风考察活动。

黄胜友 知名博主、微博达人，2010年第二届中国网民文化节中国十大博客博主，全国第三届专家博客笔会金奖博主，多个省、市互联网文化建设特聘专家。中央国家机关青联二届、三届资深委员，文化部青联委员。中国民俗摄影协会会员、中国艺术摄影学会会员。南海问题专家，数次深入南海被占岛礁近岸，并在曾母暗沙扬起国旗宣示主权，在国内外媒体发表诸多南海时政文章。职业经理人，业余时间，遍游祖国大川，南到曾母暗沙，北到黑龙江漠河。

刚　峰 男，学者、自由作家、摄影师。海南资深文化人，知名网络作家，在全国报刊、网站发表过近百万字作品。以"刚峰看世界"为题，行走于祖国大地及东南亚各国，所思所想所见所闻，都刊发在网络上，先后成为腾讯、凤凰、天涯、网易、搜狐、新浪、人民网等全国著名网站的"名博主"。2011年4月在成都被腾讯网评为年度最具影响力中国十大名博。现任琼台港澳经贸促进会秘书长、南海网顾问与网络意见领袖。

端宏斌 青年学者、财经专栏作家，网络知名博主，个人著作《投资魔法书》成为众多初级投资者的入门必选读物。被评为腾讯网2011年度最值得阅读博客。新浪微博：老端。

董保延 作家、评论家、演讲教育家。中国青少年作家艺术家协会顾问、云南省作家协会理事，云南省演讲学会副会长，云南省医学哲学研究会副会长，云南省抚仙湖与世界文明研究会副会长，中共云南省委宣传部新闻、文艺阅评员，云南红云红河集团宣传顾问。

还担任过中国对外宣传刊物《占芭》（老挝文）编辑总监、云南当代文学研究会副会长，北京奥运经济研究会理事，国家新闻出版总署聘请的报刊审读员，云南杂文学会副秘书长等职。新浪微博：翠堤老董。

风之末端 云南省网络文化协会理事、昆明市作家协会理事、云南电视台新闻评论员。人民网、南方网、天涯网"海选"网络名人，云南网络写手。

李传志 男，满族，网名：老不死、杂师。漫画家、专栏作家、电视节目主持人、制作人；生于1965年，南京理工大毕业，后弃工赴日进修从小热爱的美术行业，回国后以写写画画糊口。先后担任云南创意广告公司总经理；云南法制报《尚》周刊出品人；《云南家具》杂志执行总编；北京播宏传媒设计总监；昆明电视台节目主持人、策划

人。现在省内外多家报纸杂志开有专栏，并出品漫画插图书籍多册，长期担任云南大学、云南美术出版社装帧设计师；云南省动漫协会理事。

雅 兰 专栏作家、网络写手、在多家报刊开设专栏，现就职于昆明冶金高等专科学校，发表大量散文、书评、小说，做过电视剧编剧，出版文集《有点兰》。

李悦春 云南省作家协会会员。2006年被云南日报社评聘为高级记者（编辑），所写作品从2003年以来，每年都获得中国报纸副刊作品的各类奖项，其中，2004年散文《水做的坝美女人》荣获中国副刊银奖，2010年纪实作品《张正祥，一个人的滇池保卫战》荣获中国副刊银奖。2006年纪实作品《难忘温总理的真情关怀》荣获云南省新闻奖一等奖。2007年由云南人民出版社出版20多万字的著作《记者视界》，曾先后四次荣获云南日报社先进工作者称号。

动漫肖像

肖像设计：李传志

边城

宾语

严建设

黄胜友

刚峰

老端

董保延

风之末端

杂师

雅兰

李悦春

边城印象

来到祖国的南疆，走进边陲小县麻栗坡，感受边陲、体验边境、亲临边关、接触边民。『麻栗坡』，你可能以为是某个小山坡；说起老山、者阴山、扣林山，你可能会『恍然大悟』。麻栗坡——既著名而又陌生的地方，硝烟散尽之后，边城更显得祥和、宁静。

日志　　　　　　　　　　　　　　　　　　　　　返回日志列表

初遇麻栗坡 那一抹湛蓝如洗的边陲小城！

2012-4-25 00:33 (阅读(809))

人生的初遇有时真有点意外！

意外往往是在突破条条框框的传统思维方式下的一种惊叹！

麻栗坡，在我未达之前的想象中，那是因为一场著名的老山前线的战争而长期留存在我们这一代人的记忆中，应该是战争之后的苍凉与寂寥。

哪知，当我们一行从昆明坐车经长达六七个小时的长途奔波而初达中越边

陲小城时，那一抹湛蓝如洗的天空下的整洁与繁忙却让我初遇这座小城，感觉非常非常的好！

那一份好，不只是突破了我想象中的边陲小镇外景秀丽的传统思维模式，而是在跟着这座小城的"老大"——县委书记彭辉的随意行走中的拍摄与市民聊天中，出乎意外地感受到这座小城依然保存着淳朴的民风民情！

或许是时候正好，我们一行在这座小城里建设外景最好的医院与中学行走，夕阳西下把一抹灿烂与欣慰全部涂写在我们初遇小城的快乐心情上，让我顾不得疲劳连夜将图片处理出来，赶紧发上我的博客让大家来分享！

各位，请记住这座名字有点怪怪的边陲小县城：麻栗坡！

记住它的蓝天，记住这座祖国南大门的灿烂……

◀ 该博文在凤凰网、腾讯网、新浪网等多家网站发布。

▶ 部分评论：

冰点在在 评论时间：2012-04-25 01:36:06
　　其实我老家这里民风也不错，淳朴淡然。不过这样的地方、这样的人们渐渐地少了，又少了。我们怀念过去，不得不面对现实，贫富差距日益加剧，也许会有一场无情的爆发……

水云涧 评论时间：2012-04-25 08:43:03
　　他们那里的水源在哪儿？

琼涯昆仑 评论时间：2012-04-25 11:49:03
　　但愿祖国的每个乡村小镇都能天空湛蓝、山水美丽、人们幸福！

彬彬 评论时间：2012-04-25 12:39:14
　　小时候家乡的那个小县城也是这样的……

牧马南山 评论时间：2012-05-02 09:15:01
　　心旷神怡。

空间首页　　动态　　　　日志　　相册　　主题　　分享　　好友　　留言板　　个人资料

日志

中越边境一所投资近三个亿的中学

实拍：中国最漂亮最现代化的边陲学校

从来没见过如此奢华的学校！

从来没见过如此规模巨大的学校！

从来没见过四面是山、中间一块风水宝地，像摇篮一样被大山捧着的学校！

这就是中国边陲最漂亮的学校——麻栗坡民族中学。

应云南省文山壮族苗族自治州麻栗坡县县委的邀请，2012年4月24日，宾语与参加"感受边陲——网络名博麻栗坡体验笔会"采风活动的名博主们一起，从昆明驱车将近8个小时，来到"南疆明珠"麻栗坡县。

我第一次知道"麻栗坡",还是在20年前。1984年4月,老山战役在这里打响。麻栗坡烈士陵园里长眠着1000多位在老山战役中牺牲的烈士。

麻栗坡县地处滇东南,东南部与越南河江省的同文县、安明县、官坝县、渭川县、黄树皮县和省会河江市"五县一市"接壤,国境线长277公里。全县居住着汉、壮、苗、瑶、彝、傣、蒙古、仡佬8个主体民族,总人口27.8万人,其中少数民族人口占总人口的40.1%,农业人口占总人口的91.6%。全县国土面积2334平方公里,99.9%为山区,50%的山区为典型的喀斯特地貌。

就是这么一个边陲县城,竟然有一所在全国都拿得出手的最美校园,太让人惊奇了。

在校园里,县委书记彭辉充当讲解员,给我们介绍了麻栗坡民族中学的"前世今生"。

　　地处县城中心的麻栗坡县第一中学始建于1930年，麻栗坡民族中学于1980年12月经云南省人民政府批准成立。两校一个年久失修、危房面积大，一个地处滑坡地带，都存在较大安全隐患，急需实施整体搬迁。

　　为彻底解决这一问题，县委、县政府一出手就是大手笔，决定将两校搬至县城南3公里处的独田片区扩建，规划控制面积1000余亩，总建筑面积8.7万平方米，总投资近3亿元，可容纳1万名学生。2006年，县委、县政府在县级财力非常困难（2005年地方财政一般预算收入仅4700万元）的情况下，启动了项目前期工作。2007年采用"公开招商、固定资产捆绑招商、垫资建设、政府回购"等多种方式，在没有上级补助经费保障的情况下，正式开工。

　　项目自2008年实施以来，县委、县人民政府及时成立了领导机构和项目工作组，并多次到省、州相关部门汇报两校搬迁扩建项目情况，争取上级资

金支持。同时，县里从自身出发，努力控制办公支出，增加项目资金投入。

通过三年多的努力，工程于2011年2月24日竣工验收。县一中、民中、盘龙中学、豆豉店中学于2011年3月1日搬入新校区合并办学，2011年8月董干中学高中部并入新校区合并办学。2011年11月18日，合并后的新校区命名为"麻栗坡民族中学"。

项目投入使用后，极大地改善了全县初高中的办学条件，可满足全县初、高中招生规模逐年扩大的需要，有效地整合了教育资源，并树立了良好的国际形象，对促进边疆教育事业发展和边疆人民脱贫致富奠定了坚实的基础。

学校现有教学班112个，在校学生5896人，其中高中教学班60个，初中教学班52个。2011年，该校662人参加高考，其中656人达到省招办下达的最低录取控制线，上线率为99.1%。

学校的师生们告诉宾语，麻栗坡县能建成如此高档次的奢华学校，与县里主要领导和班子的高瞻远瞩是分不开的。

24日下午，我们在麻栗坡县城下车时，一个朴

朴实实、一点也不像干部的中年男子和我们一一握手。旁边有人介绍这是县委彭书记。他看起来像个20世纪八九十年代的乡镇中学老师。

握过手后，我们就被带着去县医院和民族中学参观。

路上，我悄声问彭辉是县委书记还是副书记（因为有些地方在介绍副职时，喜欢省去那个"副"字），得到确切的回答："这就是县委书记。"

彭辉在麻栗坡从县长到县委书记已经执政了8个年头，这期间出版了茶文化散文集《人间普洱》、诗歌书法集《边城诗稿》、散文集《走出国门》和反映麻栗坡钨矿资源整合的《矿伤》。

他把自己交给了麻栗坡，也让外界了解着麻栗坡。

中越边境上，最豪华最现代化的建筑就是中国的麻栗坡民族中学。

这，就是麻栗坡留给我的最深印象。

▶ 部分评论：

旦生客　评论时间: 2012-04-25 06:43:18
　　钱就是应该花在像这样的地方。

蔡正义　评论时间: 2012-04-25 07:31:24
　　为官一任，留给子孙的宝贵财富，应该是学校，而不是机关的楼堂馆所。

微醺　评论时间: 2012-04-25 07:51:11
　　不能说不好，也不觉得很好，总觉得缺点什么，三个亿，就建成这样，有点小失望。

深色白兰地　评论时间: 2012-04-25 08:14:13
　　百年大计，高瞻远瞩，赞！

斯琴高乐高　评论时间: 2012-04-25 08:33:33
　　这里一年中有发生暴雨的时候吗？会不会发生滑坡与泥石流等灾害？要有防患意识。

承恩真　评论时间: 2012-04-25 08:49:19
　　真美的学校，但又育出了多少优秀人才呢？

七月流火　评论时间: 2012-04-25 10:28:45
　　本来应该是平常的事情，为什么会引起如此大的轰动？就是因为这种个案太少太少了！

舒心（沙星）　评论时间: 2012-04-25 10:36:35
　　钱应该投入这个地方，让后代有一个良好的安全学习环境。

无忧　评论时间: 2012-04-25 11:40:32
　　有钱用在这些地方，大家都是支持的，不管什么原因。

射手XARGIN　评论时间: 2012-04-25 13:04:41
　　好大的政绩工程，如果造小点，造简单点，是不是能再省下点钱多造一个小学呢？

浪花浮萍　评论时间: 2012-04-25 13:18:37
　　三个亿，建学校总比让贪官贪了好些。

终结　评论时间: 2012-04-25 13:26:04
　　这个学校是很板扎、很大，学校的大门就是我做的，26米长的伸缩门。

扬子　评论时间: 2012-04-25 14:38:17
　　会不会又是马屎果果儿外面光？

鱼　评论时间: 2012-04-25 14:54:05
　　办教育是一件百年大计的事情，不是面子工程。集中资金办一个学校容易，办好全县的教育就难了。教育还要求公平，要让全县的孩子都能进这样的学校读书。

幸福的微笑%% 评论时间: 2012-04-25 15:07:04

对于在中国这种相对偏僻、经济相对落后的地区来说，有一所这样的学校的确让人震撼，也的确是当地的领导得力，能为孩子们的安全着想，更希望这样一所美丽的学校能教育出更多更美的学生。

缘分 评论时间: 2012-04-25 15:22:59

引自：微醺 于 2012年4月25日 7时51分11秒 发表的评论

引用内容：

不能说不好，也不觉得很好，总觉得缺点什么，三个亿，就建成这样，有点小失望。 三个亿建成这样已经很不错了，在边陲，县财政年收入才4千多万就敢上这样的项目，还没有上级财政资助，用自己的钱盖的，已经很了不起了。在其他地方哪个政府敢拿出三个亿来盖学校呢？

绿橄榄 评论时间: 2012-04-25 15:56:42

哗，真的不错,希望在今后的教育上发挥更大的力度!

郑博士 评论时间: 2012-04-26

【政绩工程】云南文山壮族苗族自治州麻栗坡县新建一所民族中学，总投资近3亿元，面积达1000余亩，虽然很壮观但不符合办学规律。一个中学一般不宜超过300亩地、5000学生的规模。按生均一分地标准，现在的学校可容纳一万名学生，规模太大了，必将造成生源、管理、内涵建设等一系列问题。

cynthia_ty 评论时间: 2012-04-26 20:00:00

郑教授，我是麻栗坡民族中学的一名教师，看了您的微博后，暂且不谈您的观点，我想告诉您真实的县民族中学。麻栗坡县99.9%都是山地，没有更多的土地可供建设学校使用。新建的县民族中学之所以控制面积为1000多亩，已包含周边集体山林作为校区自然环境，学校实际占地面积不足600亩。

cynthia_ty 评论时间: 2012-04-26 20:01:00

加之为山地，可用面积少。同时将原县一中、民中、盘龙中学、豆豉店中学和董干中学高中部整合集中到新建的县民中合并办学，既节约了土地，又整合优化了教育资源。欢迎郑教授亲自到麻栗坡看看，再提意见。

MajesticIdala 评论时间: 2012-04-26 18:06:00

穷县花那么多钱办教育，体现的是党和政府对教育的重视，听了你的言论，确实觉得你像个书呆子。

手机用户2346794743 评论时间: 2012-04-26 15:37:00

在大城市生活惯了的人根本不懂得农村孩子对优质教育资源的渴求，教育是民生工程。一个穷县按照实际情况投入巨资建学校有什么不好呢，总比配豪华公务用车、住总统办公楼、喝天价茅台酒、建地标性无用建筑等侵犯人民群众利益的事情更好吧？是否是政绩工程当由群众来评判。

严建设 原创照片 旅游
http://blog.sina.com.cn/aa8807 [订阅] [手机订阅]
首页 | 博文目录 | 图片 | 关于我

正文　　　　　　　　　　　　　　　　　　　　　　　字体大小: 大 中 小

边陲重镇麻栗坡了不起的民族中学

【严建设云南游153】　　(2012-04-25 00:05:03)　　➕ 转载 ▾

标签: 麻栗坡　老山战役　云南游　彭辉　县委书记　民族中学　昆明　严建设　校园　　分类: 【原创】严建设旅游美食图文

　　麻栗坡的名字我颇有点陌生，若不是此前曾拜访20世纪70年代末至80年代中期在老山战役中牺牲的烈士遗属的话。此次来麻栗坡采风，参观了麻栗坡的民族中学。在西南边陲地偏一隅的麻栗坡，那所总投资近3个亿的中学令我震惊。民族中学，在麻栗坡县城南，占地1000余亩，建筑面积高达87000平方米，可容纳10000余名学生。那地方与越南交界，边境线长达277公里，据说盖楼打地基的资金高于盖楼的资金。我乘车路过一处在建民宅，看

到地基里挖出十几块巨石。

　　俗话说："腹有诗书气自华。"感觉该县县委书记彭辉颇为儒雅。据昆明著名网友风之末端赵立说，彭书记醉心文学终年笔耕不辍，业余时间已出版有随笔、散文杂文、诗稿数册。在麻栗坡一个接一个为民办实事着实不易。

　　据县委书记彭辉介绍，盖这所中学极其艰难，尤其是资金方面。当年该县财政预算总收入才4700万元，横下心来启动了这个项目。2007年采取公开招商、固定资产捆绑招商、垫资建设、政府回购等多种方式，项目自2007年实施后，县委、县政府多次到省、州争取资金，于2011年竣工，同年县一中、民中、盘龙中学、豆豉店中学合并搬入新校区。在校生中，少数民族人数占总人数的40%以上。

　　我和全国网络名人、名博作家看过学生食堂、教学楼、科技楼、理化生实验楼、体育馆、多媒体教室、音乐室、图书馆、田径场、篮球场、足球场等处，感觉比有的大学还大，能在贫困县搞这么个学校实在了不起。

　　校园里还有两座绿树覆盖的土山、一个水库。水势由高向低弯弯曲曲淌过校园两侧的明渠，明渠两侧有很多假山石和花卉，成为一个景致。校园里

还有省长种的树，也有彭书记种的树。看得出彭书记对这所中学倾注了很大感情。该校最值得彭书记骄傲的是，其升学率为99%以上。

我心怀踌躇走进晚自习课堂，不知道打扰学生们不。但一进门，他们面带笑容，齐刷刷地鼓掌说：老师好！我慌忙咕哝一句：同学们辛苦!胡乱拍了几张照片赶紧退出。多年后他们步入社会，也许会搜寻到我贴出的这些照片，能回忆起我这白胡子老头。我是团队里最后一个走出校区的，耳畔是莘莘学子的朗朗读书声，临走时仰头看到漆黑的夜空一勾新月高悬，断定今是农历初四。

 该博文在人民网、华商论坛网、新浪网等多家网站发布。

▶ 部分评论：

鸟语涧nyj　2012-04-25 09:14:07
孩子们辛苦了。

Zorro　2012-04-25 09:32:44
这样的场面想必是高三毕业班的教室。我们的曾经……

梨城浪子　2012-04-25 11:26:26
好书记啊！中学能跟一些所谓的大学媲美了。

飞雪扬花　2012-04-25 15:57:13
边陲还有这么好设施的学校啊！

实拍南疆明珠麻栗坡县委书记和中国最原生态的民族中学

标签: 黄胜友 实拍 麻栗坡 县委书记 民族中学 教育   (2012-04-24 23:17:18) ➕ 转载 ▾

　　我随新浪网"感受边陲——网络名博麻栗坡体验笔会"一行人，风尘仆仆，来到素有"边陲重镇"和"南疆明珠"美誉的麻栗坡县。麻栗坡县地处云贵高原，位于云南省文山壮族苗族自治州东南部。麻栗坡与越南接壤，国境线长277公里。

　　麻栗坡县内有1个国家级口岸——天保口岸、1个省级口岸和杨万、八布等14个边民互市点。当年著名的老山战役就是发生在这片红色土地上。县城距州府文山市80公里，距省会昆明市423公里，但是全县尚未贯通高速公路，因此我们走得比较辛苦。县城距越南河江

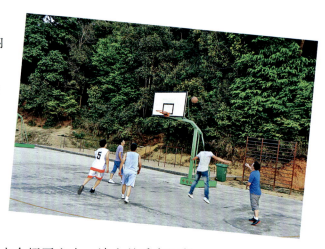

市64公里，距越南首都河内市380公里，省道平（远）船（头）线穿境而过，是云南文山州乃至云南省通往东南亚的重要门户和陆路通道。

麻栗坡县主要居住着汉、壮、苗、瑶、彝、傣、蒙古、仡佬等8个主体民族。路上就有县委的同志介绍了文人、诗人县委书记彭辉十分重视教育的情况。我们来到麻栗坡县城，放下行李，参观的第一站就是麻栗坡民族中学。实话实说，我去过很多少数民族地区，也去过很多民族地区的中学。在麻栗坡县，我第一次为县委书记彭辉倾尽全部心血，打造的麻栗坡民族中学所陶醉。依山而建，天人合一，自然和校舍相包容，沿原始生态环境建造的田园花园似校舍，堪称道家山水思想完美统一。

有山、有林、有树，都是按照征地时的原貌来建造的民族中学。用中国最原生态的民族中学来形容，一点不为过。

下面就随着一组照片，去感受中国最原生态的民族中学的风貌。

 该博文在新浪网等多家网站发布。

▶ 部分评论：

黄胜友　2012-04-25 00:22:55
　　#新浪七彩云南# 实拍中国最原生态的云南麻栗坡民族中学。

天边的云　2012-04-25 20:48:52
　　欣赏！问候老朋友！

至少有你　2012-04-27 20:05:10
　　喜欢穿黄色衣服的老黄。

抚今追昔　2012-04-29 16:38:46
　　五彩缤纷的世界里，友情珍贵，在这长长的假日里，祝你快乐！

日志   返回日志列表

"不用"红绿灯的城

2012-5-8 17:30 阅读(121)

　　不用红绿灯，不等于不要交通规则，而是由于自然条件所限，想用也无奈！边陲小城，麻栗坡就是这样一个无奈的城市。

　　云南文山州麻栗坡县，一条不大不小的河穿城而过，两面高山，能盖房子住人的就是河两边的人工台地，所以县城长近十公里，宽不过一两公里。县城依河而建，几乎没有十字交叉的公路，最多也就是有个车流量极少的T形路口，大家一客气，红绿灯已然无需摆布，您开一圈车子，真没什么红绿灯阻隔。

　　二十六年前，还是个毛头小伙的我，就是这样穿过县城，去了麻栗坡的乡村：八布、那龙，上去的时候，当时的阵地，刚被我方打垮，400米

外，还在青烟缭绕，我想近点看看，被战士一把拉回来："你不要命啦！"
细看，中间的山野上除了香草、小树外，放眼一看就有无数的挂雷，我着实
被吓着啦！这只是开头。每天为避地雷，几乎都是在泥泞的尖石头路上行
走，从一个点到另一个点进行慰问工作。每天，我为战士们的坚强和牺牲感
动，同时也为各种危险提心吊胆，老实说，我不是一个神经结实的人，在前
线一个月，回到后方，几乎做了一个月的噩梦！

　　2004年，第二次去，是双方边贸正常十多年的时候，为策划文山海
关建立50周年的庆典活动。天保口岸刚刚建起雄伟的国门，彩旗招展、歌
声嘹亮！工作完成后，被感染的我和对方代表——帅哥、美女用最简单的
"你好、干杯"两词！喝了个不亦乐乎，共享和平之福……

　　这次"感受边陲——网络名博麻栗坡体验笔会"活动，我又有幸参
与，探访一别八年的麻栗坡。

　　依然是那条熟悉的河，但河边的鳞次栉比的房子干净了、漂亮了，商
店里的商品和大城市的布局内容也差不多，横跨河面的主大桥旁边，竟然
还开辟了一个广场！记得八年前来的时候，这一片大多都是政府的各种机
关一排的占领着，很陈旧拥挤，现在政府集中搬到一栋新建的楼里，腾出
地方，建了个虽然和其他地方比不算大，但在麻栗坡已经实在不容易的广
场，广场下是地下商场和停车场，政府大楼旁是一个体育中心，周末对市

边城印象

BIAN CHENG YIN XIANG

民免费开放！

到了落脚的宾馆，看河对面有一片新开发的小区，竟然是建在平地上！是削了一座小山包开发出来的。看惯了大块平地的外地人，对麻栗坡有这么一块平地，感触也许不会有多深，但对麻栗坡人来说，所付出的，却是多少倍的艰辛哦！

马不停蹄，我们就受邀参观新的县医院。它和县城仅一山相隔，直线距离一公里左右，却要绕一个大弯才能到。山下正在打隧洞，现在城里人要看病还要兜个圈子来山这边的医院，隧道打通后，两分钟就可以到了！我常提醒初来云南的朋友，在云南，问从乙地到甲地，不要问有多少公里，最确切的问法是，需要行走多少时间！这在后几天的边境采风中，大家有了切身的体验，这个后面再表。先说这个医院，和一般医院不同的是它多了一块牌子："麻栗坡县伤残人员康复中心。"这个在县里艰难筹资、辛勤努力下于2010年8月竣工投入使用的新医院，不但解决了扩大了病人的接待规模、整合了医疗资源、改善了医疗条件等等这些和其他医院职能相同的问题。同时，还能更好地完成为因战伤残人员开展免费体检、心理、健康咨询以及入住、系统恢复、治疗等工作，和大医院相比，麻雀虽小，

还要多装出几脏，委实不易。

晚饭是到麻栗坡民族中学吃的，为什么要专门说在民中吃呢？先说新中国成立前，四川有个军阀，叫刘文辉，他当政如何姑且不论——后来也投入了人民政府的怀抱——当时在他治下有一条规矩：一个县，如果政府衙门比学校建得好，县长就地正法！看了麻栗坡这个县城中学，无论从校舍环境、运动设施、住宿条件，还是可持续使用的供水系统、四围的绿化生态保护，开句玩笑话，换成那个时代，县长的头也不会被"就地正法"了！

由于前面已经说的麻栗坡受地形所限，原来的几所中学，地块狭小，有的是建在滑坡体上；有的上体育课没地方，是在教学楼楼顶跑步锻炼！这在全国也怕是罕有的了。为此，县里八方征集资金，筚路蓝缕地合并几座学校，集中建起了这个新的县中学！这是个开辟了一条山沟建起的学校，规模很大，校舍如何，只有照片可看。我喜欢的是它两边保留的原生态的绿化植被，鸟唱虫鸣，生机勃勃。原来山边开发挖出的树，又移植到校园中。填平山沟的泥土，在沟头修了一个水坝，水泥加固后，上游形成一个小小的水库，开闸放水后，小溪潺潺，穿过校园，经过处理，在缺水的季节，还可以不依赖自来水，而是用这个水源。水库里养上了鱼，食堂的饭桌上多了个既生态，又便宜、营养的好菜。

饭是在学校自助餐厅吃的，菜很普通，但干净卫生，生态安全。菜是还有甜味的那种，肉也是还有香味的！嘿嘿，让我们这些大中城市来的人羡慕不已。大餐厅有两层，可以容纳几千名学生就餐，我问了几个初中小女孩小男孩，他们大多是来自距县城很远地方的少数民族学生。住宿，不用交钱；吃饭，多花少花不好说，一般三块钱一餐可以吃饱！学校有补贴。饭毕，已是晚霞漫天。金红色的晚霞，笼罩着学校的运动场、体育馆，更把教学楼装点得金光灿灿！进入大楼，走道很宽，教室也很宽敞明亮，学生们都很用功地在自修。离开中学校门几十年的我们，看到学生桌子上像山一样的教材和教辅材料，大家都依依哦哦地感叹，大环境如此，一时一地一个学校又能如何呢？在一个国家级的贫困县，硬件解决如此，已经是很难了。

后面几天是边境各个乡镇、老山、者阴山、八里河东山的各类采风活动，很多笔友、大家都写啦，恕不赘述。只摘花絮点滴稍作铺陈，一是出县城，一路几乎都是我们叫"包谷路"的弹石路面、一百八十度的大转弯、十多二十度以上的大坡！一路颠簸不已，我开玩笑说："来麻栗坡这下

23

上篇

边城印象

BIAN CHENG YIN XIANG

各位晓得云南为什么简称叫滇（颠）了吧！"大家点头同意！其实，不同意也不好表达，在这个"包谷路"上坐车，头随时都在点！在中间有一小段进镇的路是柏油路，车子一进入，噪音就没了，同车的小张突然很不放心地问司机："师傅，车没事吧，怎么没声音了？"

 该博文在腾讯网等多家网站发布。

▶ 部分评论：

如歌梦影　评论时间：2012-05-08 19:20:46
读后感就是，他们物质贫乏，却精神富足，相比之下，很羡慕那样的环境和生活。

主人：他们知足，但那样对待他们……嘿嘿。

张角冲的狼　评论时间：2012-05-08 19:23:36
看到当年的帅哥，真是一篇精美的博文，欣赏中……笔触优美流畅，羡慕，我等理科生嫉妒。

6楼　评论时间：2012-05-08 22:09:27
老不死很不错的一篇美丽的文章，带着酸甜苦辣的感觉。

7楼　评论时间：2012-05-08 22:24:42
我1998年去的麻栗坡。老不死的文章勾起了我的记忆。

8楼　评论时间：2012-05-08 22:34:51
猫耳洞照片那青涩的小不死，我看着笑了3分钟。

鲁丫　评论时间：2012-05-08 22:42:54
看出来了，你不会拍照只会画画。强烈要求与文字配套的照片！

主人：老实话，转的时候打失啦……

烟虫　评论时间：2012-05-09 06:59:49
我1983年到过该县，在两个班的战士护卫下，冒着硝烟和冷枪对该县申办的一个工业项目进行考察，依稀记得到过八布、六合（音）等地。当听到考察结论为否定后，县里几个领导哭了，那天我们喝了很多酒，年轻呢我硬是着干醉掉……

杏林一虹　评论时间：2012-05-09 11:27:35
拍拍手，很希望能去参观一下。

圈圈　评论时间：2012-05-09 23:24:37
没去过，不过几次出差都有这块地方，一直未前往，估计不久后难说俺也会踏上此地。另外，文字还如以前，耐读。

风之末端

http://fengzhimoduan.blog.tianya.cn [RSS订阅]

博文

策马在希望的麻栗坡

2012-05-04 14:55 星期五 晴

云南文山州麻栗坡，我对它最早的印象是云南省博物馆一进门的一面墙上，复制的麻栗坡大王岩崖画，这幅4000多年前的崖画，见证着云南悠久的历史和文明。在此之后，19世纪，被清政府誉为"边防如铁桶，苗中之豪杰"、"南天之锁钥"的麻栗坡苗族抗法英雄项崇周，他卫国守土、带领人民抵御法国殖民者的传奇故事，一直在云南以评书、地方戏剧的方式流传，深入人心。

让麻栗坡名扬天下的是1984年在麻栗坡境内的老山、八里河东山、扣林山、者阴山打响的老山战役。在这场打出国威、打出军威的战斗中，新时期艰苦奋战、无私奉献的"老山精神"激励了整整一代中国人。

2012年4月，我参加"感受边陲——网络名博麻栗坡体验笔会"采风团，再次踏上这块神奇的土地，再次惊叹所到每一处所发生的变化。

一

才走进坐落在狭长的河谷中的麻栗坡县城，看见两座占地面积不大、显得顾长的大楼。听了介绍，才知道这是麻栗坡县委、县政府的办公楼。想起多年前，土地紧张的麻栗坡县，县委、县政府各单位分布在县城各处，今天全部"上楼"集中在一起。而当年的大部分机关所在地，已经成为市民广场，早晚集中了来锻炼的市民。节假日，广场舞台上还有各种歌舞表演。

在麻栗坡县城，我所看见的最漂亮的建筑，是新建的麻栗坡县医院暨伤残人员康复中心、麻栗坡民族中学。这两座用当地领导形容为"东拼西凑"筹措资金建起来的医院、学校，已经成为麻栗坡的地标。

占地千余亩的麻栗坡民族中学，校舍整齐、校园环境优美，甚至超过了云南一些城市的中学校园。有人不明白为什么麻栗坡要建这么大一个中学，实际上，它是由原来受到地质灾害威胁、校舍陈旧破烂的县一中、民中、盘龙中学、豆豉店中学、董干中学高中部五个学校合并而成，现有学生5800多人。

麻栗坡民族中学校园内，流水潺潺，整洁的学生宿舍、四通八达的教学楼、图书馆大楼、体育馆、足球场、自有水源的小水库以及校园内绿树成荫的小山让师生置身于优美的学习环境之中。2011年，该校662人参加高考，有656人达到省招办下达的最低录取控制线，上线率为99.1%。这个中学，还将在今后逐年满足麻栗坡初高中生招生规模日益扩大的要求，为麻栗坡各族人民子弟培养人才。

在麻栗坡民族中学，有两个插曲让我印象深刻：一是与师生们闲聊说起当时建这所中学时，有人说这所中学是"政绩工程"，我脱口而出："在云南，各地要是都有这样的'政绩工程'就太好了，包括麻栗坡县医院，为老百姓的教育、医疗做这样的'政绩工程'，越多越好！"；二是

我们到达麻栗坡的第一餐晚饭，就是安排在县中学的食堂里，与师生们端着餐盘一起吃的。说真的，饭菜虽然简单，但热闹温暖的气氛，感染了采风团的每一个人，大家吃得眉开眼笑。

二

和云南很多地方一样，麻栗坡县居住着汉、壮、苗、瑶、彝、傣、蒙古、仡佬8个主体民族，形成了各民族丰富多彩的民族文化。采风团沿着山间用石头铺成的弹石路，来到董干镇的城寨，这是一个鲜为人知的地方，城寨里居住的是彝族白倮人。

传说白倮人的祖先，来自于新疆昆仑山，至今，他们还保留着原始古朴的生产生活方式以及不与除白倮人之外的人通婚的习俗。走进城寨的寨门，就看见寨子里无数棵高大的珍稀树木——榉树郁郁葱葱，据介绍，一棵这样的树木，如今在市场上价值百万。但白倮人的风俗，谁家的孩子诞生，就要找一棵树拜为保护神，认为树有神力，不准砍伐。这种朴素的原始信仰，千百年来保护着整个寨子及周边原始森林的生态环境。

我们到来这一天刚好赶上了城寨白倮人传统的"荞菜节"，仪式还没开始，几个可爱的穿着传统民族服装的三四岁的白倮小女孩就引得大家把相机镜头都对准了她们。仪式开始，寨中的非物质文化遗产传承人老陆敲响了一大一小的铜鼓。这两只铜鼓都是造册在案的非陈列文物，大的为母，小的为公。这恰恰和我们臆想的相反。老陆说，这是因为大鼓声音尖，像女人说话，小鼓声音低沉，像男人。

白倮人有很多种舞蹈：铜鼓舞、狮子舞，还有传统武术。当集体起舞时，那几个三四岁的小女孩也加入舞蹈队中，她们充满稚气的举手投足，更成为全场关注的中心。很奇怪，在城寨这个没有交通班车的偏远地方，竟然有几个外国人也来到了这里参观白倮人的节日，一问之下，他们竟然来自比利时、芬兰，还有几个在场的中国人，来自中国香港、广东。可惜我来不及问问他们究竟是怎么来到城寨的。

荞菜节是白倮人祭告龙神，祈求风调雨顺的节日，在举行仪式的广场中间，好几位寨里的长老边喝酒边念经。在已经干旱了三年的云南，麻栗坡的大部分地方也不能幸免。神奇的是，长老们念了一会儿经，城寨就刮起了风，天上飘来了乌云。在我们离开城寨的路上，天上真的就下起了大雨！我们一行感慨，真应该把白倮人全部接到昆明，在城市中心广场也念

边城印象

BIAN CHENG YIN XIANG

念经。

第二天早上，我们在乡里一个简单的旅社里还没起床，又听到一阵暴雨的声音，这久违了的声音让我睡得更加香甜。

三

很有可能，全国知道老山、八里河东山、扣林山、者阴山这些山名的人，比知道它们所在的麻栗坡县的人更多。这些山的名字，在20世纪80年代，曾经是全国人民心中的圣地。当年解放军在这里保卫边疆，打出了国威、打出了军威。这和作为参战部队坚强后盾的麻栗坡人民的全力支前、无私奉献息息相关。

我们的一顿晚饭是在军营里与边防官兵们一起吃的，和在学生食堂一样，部队自己生产的简单菜肴、自己酿的土酒，但官兵们对采风团和当地干部的如火热情，让我们实实在在地感到了麻栗坡这个十多年的全国双拥模范县里，军队与当地人民之间的鱼水之情。

在麻栗坡烈士陵园，我们向长眠在这里的烈士献上了花圈。我知道，尽管如今硝烟散去，对当年烈士们参加的这场老山战役，现在有一些人、包括某些政府部门，都有种种说法。但曾经遭受过侵略者炮火威胁的麻栗坡人民以及当年烈士们活着的战友和亲人从来都没有忘记他们。每年清明、战役纪念日，来自全国各地的老兵、烈士亲属，以及自发来祭扫烈士墓的各地志愿者都向他们献上无尽的思念和敬意。天地有正气，公道在人心！

当我们登上多少次梦里萦回的老山主峰，在界碑前、瞭望亭上，一位全副武装、高大英俊的哨兵正在执勤。他不能和我们交谈，部队的同志介绍，这是一位来自西藏的藏族士兵，他从祖国的西域而来，守卫着祖国的南疆，这正是中华民族大家庭每一个儿女义不容辞保卫自己家园的象征。联想起最近中国南海的局势，回顾当年这里发生过的战事，当年的"老山精神"永不过时，还更应该发扬光大！

在麻栗坡，今天我们还看得到战争的痕迹，这里每年还会发生山民们在生产时触发当年遗留下来的地雷、炮弹的惨剧，就在今年，还发生了4起这样的事件。在我们走访的几个山村，每个村里都有安装着假肢的山民，有的是在80年代被炮火所伤、有的是和平年代夫妻触雷、有的是母子触雷，还有的是两次、三次触雷。虽然政府对他们尽力照顾，但他们还是不

得不坚持生产劳作。我们向这些顽强坚毅的老百姓送上了一点微薄的慰问金，表达采风团的一点心意。

四

麻栗坡的得名是在清代，因四方客商来此地经商，形成集市，四周山上长满麻栗树，由此得名。麻栗坡地处边境，是云南省直接通往东南亚的重要门户通道。

然而，因受80年代的边境战火影响，使得麻栗坡的生产、经济发展长期处于停滞状态。十多年来，当内地和云南其他地区已经走向改革开放，麻栗坡还一直是军事重地，人员进出有严格限制。所以说，麻栗坡人民对边境安宁的奉献，不仅只是战时为军队作出的巨大贡献，而且还有战后数年甘受清贫，为国守土的高风亮节。直到现在，麻栗坡还是国家级贫困县。

采风团这次所到几个乡镇，欣喜地看到了战后麻栗坡发展种植业取得的成果。气候湿热，利于植物生长，优质的茶叶、香蕉、咖啡等种植业已粗具规模。然而，由于山大路险，这些农产品使用化肥、农药成本极高，所以保持了其有机生态的优质，但把它们运输出来的物流也成了问题，更加之朴实的老百姓也不懂宣传，使得这些宝贝卖不起价钱。有时就烂在地里，让人心疼。

麻栗坡还有一个资源，它的钨矿产量占云南钨矿业一半以上，但20世纪七八十年代作为战区无法进行大规模的钨矿开发。近几年开发，却又走上了一条弯路。

近几年麻栗坡的钨矿开发几乎汇集了所有中国矿业开发乱象的特点：社会治安乱、生态环境遭到破坏，矿老板的暴富与老百姓的贫穷犹如天壤之别。尽管矿老板违法违规采出的钨矿产量在上升，但麻栗坡作为矿业大县，依然无法甩掉国家级贫困县这顶帽子。

2006年，麻栗坡县委、县政府打响了一场老山脚下的钨矿资源整合攻坚战！麻栗坡通过赎买、整治等手段，引进专业、环保的外来资本，将分散的矿权回收到了县政府的手里，进行有序、科学的矿山开发。

这是一场牵扯到诸多利益阶层的战斗，其艰难程度真的也不亚于当年攻占老山的战役。但在麻栗坡县委、县政府一班人和老百姓的努力和支持下，这一整合工作终于完成，2011年，中国国家国土资源部通报表彰，麻栗坡紫金钨业集团有限公司南温河钨矿获得"首批全国矿产资源开发整合先进矿山"的称号。这是从全国近6万个进行矿产资源开发整合矿山中，遴选产生的"首批全国矿产资源开发整合先进矿山"45个中的一个，并将麻栗坡这一整合模式向全国推广。

通过矿产整合，麻栗坡政府增加了收入。每年，政府都将矿产带来的收入公告给老百姓，并列出开支，全部用于当地民生项目。这就是"老山精神"在新的经济时代在麻栗坡的延续！

走进麻栗坡，我总觉得看到的还太少、太少。无论是麻栗坡的与时俱进，还是麻栗坡的风情，甚至它的贫困和苦难，都可以写成一部大书。但是，我现在所看到的，已经足以让我看到麻栗坡的希望，这种希望，将支持着英雄的麻栗坡人民，在发展经济、脱贫致富的道路上迈开大步前进。

或许，用一个细节来说明这种希望更为形象，也作为此文的结尾。在我们所到的乡镇，我已经看见，这里最漂亮的建筑，和县城一样，是学校。在学校里，我们遇到的老师，有山东的、有云南曲靖的，他们在这里默默耕耘。而在乡村学生们的歌声中，已经有老师教他们唱反对应试教育的流行儿歌了！

> 该博文在天涯社区等多家网站发布。

◀返回列表 1 2 3 4 5 下一页 ▶

查看: 1309 | 回复: 47

2012：雅兰探访边陲麻栗坡

雅兰

发表于 2012-5-3 18:18:34　只看该作者　倒序浏览　　[复制链接]　🖨 ⇦ ⇨ 1# 电梯直达

2012的时候，假如地没裂，楼没倒，家没淹，你没死，那该干啥就干啥吧，比如该爱的人一定要去爱，该吃的饭一定得吃，该干的活一定要干，该去的地方一定要去。

2012年4月，趁我还活着，我屁颠屁颠地跟随"感受边陲——网络名博麻栗坡体验笔会"采风团去了一个我早该去的边陲：麻栗坡。同行的省外名人有安徽的宾语、海南的刚峰、上海的端宏斌、西安的严建设、北京的黄胜友，省内名人们都是熟脸，风之末端、董保延夫妇、老不死、云南日报的李悦春，还有一个大帅哥阿飙，新浪的小帅哥张武钢。

麻栗坡于我而言，既熟悉又陌生。熟悉的是几乎云南人都知道老山战役，或多或少都有些儿时的记忆，陌生的是因为我虽然生长在云南，却从来没到过麻栗坡，这次听说有这么一个麻栗坡笔会，我可不能再错过了。

4月24日一大早，我就赶到集合地点，我一向不喜欢迟到，不喜欢迟到还有一个重要原因，等下再跟你们说。我第一个到，见没人，就四处乱溜达，溜达得差不多了，老风同学才到，没多久，大家陆续到了，等人齐了，

我们到另一个地方换中巴车，省外的来宾都在车上了，我一个箭步跨到车上，然后大步朝车的最后一排座位走去，这是我最喜欢的一个位置，一般出远门，我都在车的最后一排，嘿，不好意思啊，我这人心理比较潮湿，坐在最后一排，可以卧、可以躺、可以半倚，随意地伸胳膊伸腿做些不雅的动作也不会有人注意到，除非你把脖子拧断一直回头看。我把肩上的包"哗"一下，扔到了座椅上，宣告着这排位子是我的了，我还没得意一分钟，一个戴墨镜的男人走了过来："借过。"我拿眼示意前面还有空位，但是男人根本不理会，执著地站在我面前，我十二万分不情愿地将屁股挪朝一边，男人把包放下，回头对我说："我叫阿飙。"我懒得理他，抢我的座位，你就是涛哥我也不睬你，哼。我一向不喜欢有人来和我抢位子，当然，帅哥除外。

男人以为我没听见，又说了一遍还加了一句："对了，你该叫我飙哥。"我一下就跳了起来，凭什么啊，你一上车就平白无故让我矮了一级，我嚣张地悄悄道："你可以叫我兰姐、兰姨、兰外婆、兰姥姥，哈，我不介意的。"男人将墨镜一摘："你别找事啊，我这人脾气不太好。"看着眼前这个强势的男人，我立刻就闭嘴了，我一向是嘴上的霸王，男人见状后，赏了我一个微笑。万般无奈中，我扫描了一下眼前的这个男

人，还好，没长成我讨厌的那种类型，我又目测了一下他的肩膀，还算是宽厚，看在肩膀的面子上，我权当他是个枕头吧，在我打瞌睡的时候随便用用吧。

麻栗坡比我想象中的要远得多，我原来一直以为离昆明大概也就三四个小时的车程，哪里晓得这一走就是七个多小时，等到达麻栗坡的时候已经是下午4点多了，在县委书记彭辉的陪同下，我们先来到了麻栗坡民族中学。

　　学校现有教学班112个，其中高中教学班60个，初中教学班52个。有在校学生近6000人，其中，少数民族学生有2000多人，校园环境优美，校舍非常漂亮，通过彭书记的介绍，我们才知道最初这些孩子上学是非常不易的，原来的校舍很多都是危房，经过教育资源的整合后，才有了今天的漂亮学校。

　　我一天到晚在校园里晃荡，自然知道一所有规模的学校背后的艰辛，对于县领导穷什么不能穷教育的理念非常的敬佩，盖学校比盖那些高档的政府办公大楼更值得敬仰，这是为本县的孩子谋福啊。在校园里，看着那一张张年轻的脸庞，似乎也把我们这一帮人带到了那白衣飘飘的年代，虽然，很多人的青春小鸟早已飞去不复返了。

> 该文在金碧坊网等多家网站发布。

部分评论：

一帘梦影：
　　搬个板凳等着看！
　　好戏在后面呢，好好等着啊。
　　一支幽兰，在红尘俗世间静静绽放……

Windbell：
　　呵呵，麻栗坡的领导姓彭的多啊。
　　文山可好玩？没去坝美和普者黑？
　　偏偏喜欢你！

七里香：
　　推荐首页。

杨镇瑜：
　　彭辉好像会写诗。我在麻栗坡的宾馆里看过。

正文　　　　　　　　　　　　　　　　　　　　　字体大小: 大 中 小

麻栗坡：孩子对我说

标签：麻栗坡 学校 教育 医疗 者阴山 孩子 杂谈　　分类：山水走笔　　　　　　(2012-05-05 15:26:55)

　　到达麻栗坡虽已是下午4点多了，但县委书记彭辉依然兴致勃勃地陪我们一行去参观新建的人民医院和民族中学。

　　医院和中学都是新建不久的，随意进入医院一间儿科住院病房，其间只住着一位还在襁褓中的孩子，陪同的是来自南温河的他的母亲。病房显得格外明亮、干净、安静，里置两床，有卫生间和饮水机等设备，正在康复的孩子的眼神特别炯然，他当然不可能知道，从前的麻栗坡医院是何等简陋，也许等他懂事之后有人向他提起，在2012年初夏的某个下午，在县城条件最好的医院里，他曾经与来自上

海、北京、安徽、陕西、海南和省内的一批大朋友们相逢，甚至他的照片上了网络，不知道这位边地贫困县的孩子是何感受？

　　走进麻栗坡民族中学，恍若走进了昆明呈贡的大学城。这是一所因为规模和设施早已名声在外的学校，环境之优、硬件之强、面积之大、发展之快在云南省内特别是边境一线是绝无仅有的。2011年，学校有662人参加高考，其中656人达到省招办下达的最低录取控制线，上线率为99.1%。其中，442人达本科录取最低控制线，本科上线率为67.38%，比2010年上升了12.42个百分点，有37人达重点大学录取最低控制线，214人达专科录取最低控制线。我们在校园里，处处能够听到孩子们的笑声、歌声和读书声，从那些充满了健康色的脸

庞上，感受到新一代麻栗坡人的幸福。最有意思的是县里专门把我们到麻栗坡的第一顿饭安排在学校的自助餐厅，宽敞、卫生、快捷、有序是餐厅给我的直观印象，而饭菜的爽口营养、品种繁多，则在我的体验中得到证明。问自动陪伴我们在学校参观的龙同学："你最向往的是什么？"她莞尔一笑："学好功课，争取考到北京读大学！"

该博文在新浪博客等多家网站发布。

部分评论：

谭久德　2012-05-07 21:27:18
　　很珍贵的纪实！

麻栗坡杨万中学 中越边境上的一朵教育奇葩！

云南省麻栗坡县杨万乡中学虽然只是一所普通的乡村中学，但却是中越边境上最现代化的一所中学，是麻栗坡这个全国贫困县里的一朵教育奇葩！

或许，许多人在都市里见惯学校的豪华与现代，我所发的图片中的这所乡村中学根本不能与之比较。但是杨万乡曾经作为中越边境著名的者阴山前线战场，如果你有机会走进曾经作为战场的山坳中的这所中学，你会被学校的宽敞、良好的教育资源及师生的热情所震撼！

一个贫困县一个贫困乡，最现代化的是学校，人才最集中的是学校，

当乡长及老师们带着我们参观学校时，我不仅为边境上有这样的学校而感到欣慰，更为一些自愿支边的大学生能心甘情愿地在边境贫困的环境下为少数民族地区的学生奉献的精神而感动！

我更希望这所中学能被全国的网友关注，同时也希望杨万中学的学生们能有机会感受到全国网友的关注，将这种关注变成一种动力，为改变家乡的面貌而努力学习！

◀ 该博文在凤凰网、腾讯网等多家网站发布。

▶ 部分评论：

天堂的彩虹　评论时间: 2012-05-05 04:15:39
　　在这贫困的山区能有这样一所学校，孩子们还算是幸福的。

只是碰巧　评论时间: 2012-05-05 12:57:06
　　看到收费公示牌，感觉那才是真正的义务教育，就我们县的小学和初中，哪里能叫义务教育啊！报名费照收，好几百，实行义务教育改革和没实行时，收费一个样。而且高中学费和别的地方也差别很大，我大学的几个同学，高中报名费一般都800左右，我那就1200多，坑吧！

姑妄言　评论时间: 2012-05-06 13:33:51
　　我不太信，对清国的事，我越来越不信了。

生活还在继续　评论时间: 2012-05-06 21:55:01
　　这样的乡长、校长，都应该立功德碑。

凌波微步　评论时间: 2012-05-06 23:05:26
　　他们过得好，我们就放心啦！

西红柿炒番茄　评论时间: 2012-05-07 09:09:26
　　面子工程，有一个长得像学生的吗？

严建设 原创照片 旅游
http://blog.sina.com.cn/aa8807 [订阅] [手机订阅]

首页　博文目录　图片　关于我

正文　　　　　　　　　　　　　　　　　　　　字体大小：大 中 小

原始丛林里的红领巾　喜欢孩子的进来

【严建设云南游170】　　(2012-05-04 00:26:24)　＋转载▾

标签：云南游 红领巾 黄胜友 昆明 麻栗坡采风 彭辉 七彩云南 严建设 城寨 董干镇　分类：【原创】严建设旅游美食图文

那天我们等候在山坡下的村口，等待白倮人举行祭龙祈雨仪式和欢庆荞菜节。山麓上坐满了"红领巾"，可能有100多名，大概是受到老师的严厉告诫，他们都很乖，不乱挪地方。有的枯坐在落叶和生满青苔的石头上无语，有的东张西望，有的在打闹，有的抛矿泉水瓶子，有的把矿泉水瓶子当成望远镜瞭望，有的睡着了，还有的拖着哭腔咕哝我要回家，个别孩子还抱着比自己更小的弟弟妹妹。

置身其间，能忘却一切烦恼与世俗的纷争，马上感觉自己已返老还童，走路落脚都是轻飘飘的。我和一个66岁来自比利时的老外、还有同行的网友

端着相机穿梭其间，边做怪
相逗他们开心边咔嚓咔嚓乱
拍一气。有的女孩害羞地捂
着脸不让拍，有的大方地伸
出两个指头。那胡乱拍出的照片都不错，上
传时也不用裁剪。我想象自己置身欧洲布鲁塞尔荒郊野外，遭遇到如此境
况，可能会给数百名洋娃娃拍摄1000张。可惜那里没卖零食的小卖部。我
兜里拿不出能赠送的小礼物。

　　不过怪相并非所有幼童都能接受，有个幼童看到后立即面露惧怕之
色，哇哇大哭，一点不给面子，弄得我和比利时人很尴尬，猜测该幼童过
去曾受过类似我相貌者的恐吓或打针？只是其母亲非常大度，仍满脸油汗
逗他，我俩只得慌忙遁走。

　　看到规规矩矩的儿童们时我想起一件往事。20世纪80年代初，美国某幼
稚园工作者到北京访问，看到我国幼儿园的孩子们规规矩矩地统一将双手背
后，端端正正地坐在凳子上齐声大喊老师好！他们都哭了，认定我国幼儿园
扼杀了儿童的天性。据说在他们的幼稚园里，儿童们会在沙坑里挖沙子、会

边城印象

BIAN CHENG YIN XIANG

按照自己的意愿做游戏、会来回疯跑、会打闹或会恶作剧。最后，他们坚信，我国如此教育出的儿童从小就养成了服从命令的天性，将来最适合当警察或当军人。

现在回忆起来，孩子们中间坐着些满脸肃穆的成年人，可能就是老师或班主任之类，随时随地在苦心孤诣地监控孩子们的一切。有人倒是笑眯眯的，部分人脸上的表情跟上坟差不多，猜测有精神负担，估计临行前校长严令不许出事故。

那次我和著名网友风之末端、宾语、黄胜友、刚峰、老不死、端宏

斌，还有当年老山前线的著名记者董保延等人在麻栗坡县委彭辉书记的陪同下去了城寨，漫山遍野巨大的古树林令我万分惊讶，纵使在人迹罕至的秦岭之巅，也难以见到保护得这么好的生态。

城寨山高林密。之所以有原始森林，据彭书记介绍，是因采取了得当的保护措施，无论是谁砍伐一棵榉木，都要受到砍伐珍惜木材的惩罚。那些名贵的榉木因此得以繁衍生长，枝繁叶茂高耸入云，不至于被砍伐做成实木家具被商人赢利。有些估计成精了，应该敬之为树怪木仙。

我心里明白，10~20年之后，想要再给这些人拍张合影就难了。

 该博文共在人民网、华商论坛等多家网站发布。

▶ 部分评论：

飓风四号　难道"红领巾"们去为所谓的节日助兴去了？

聊洞　祝福孩子们天天快乐无忧！

飞鸿一羽　图文并茂，好贴。顶！

利俊峰　很好的纪实随拍。顶！

邵轩　一趟云南，收获大哦。

土归根　真情感人，巧妙表现。

方塘晓月　孩子是花朵，孩子是未来！爱孩子！

边城印象

BIAN CHENG YIN XIANG

用云南草药治疗《矿伤》——读彭辉著《矿伤》

风之末端

分类：时评昆明　标签：矿产资源　云南草药　矿业　开发整合　作者

在当今的中国，一提到"矿"这个字，大家心里会想到什么？金钱、物欲、官商勾结、劳工血汗、环境破坏，这些令人气塞的词语，给自古就有的采矿业带来了一条条血痕，一个个伤口。

2011年6月云南人民出版社出版的《矿伤》，作者彭辉，以一个知情人的角度，深刻地记录了云南省文山州麻栗坡县——一个钨矿大县近10年来矿业发展的曲折道路，特别是自2006年开始步履艰难的矿产资源整合工作。

麻栗坡，这个钨矿产量占云南钨矿业产量一半以上的县份，先是作为战斗前线而没有条件进行大规模的钨矿开

发，等到开发的时候，几乎汇集了所有矿业开发乱象的特点：社会治安乱、生态环境遭破坏，矿老板的暴富与老百姓的贫穷犹如天壤之别。一个矿业大县，竟然依然是国家级贫困县。

《矿伤》的作者，也是麻栗坡矿业资源整合的主要决策者和执行者，我们可以从书中看到，中央进行矿产资源改革的精神，与地方上立志为民的有识之士的思路完全一致。从2006年起，麻栗坡通过赎买、整治等手段，引进专业、环保的外来资本，将分散的矿权回收到了县政府的手里，进行有序、科学的矿山开发。

这样一场与多方利益博弈的矿业资源整合，其过程就是一部精彩的小说或电视连续剧。也许，读者对整合的精神不一定很了解，毕竟里面充满了政策、法律的条文精神。但在《矿伤》这本书里，作者形象地让读者了解到麻栗坡进行这项工作的必要性和艰难性。

在矿业这个"来钱"容易的行业，麻栗坡政府所主导的整合工作，其根本就是经济利益，不回避历史留下的问题，公正公平地保护以前小矿业主的权益，只是"钱"的一方面。更重要的是，主持这项工作的人，在"钱"面前不被击倒。《矿伤》书中文山州州长对作者说的原话很生动："只要你们常委班子中没有人的屁股夹着屎，（整合工作）就搞得成。"

麻栗坡矿业资源整合终于搞成了，我真的不想"剧透"《矿伤》书里的情节和描述，我甚至不大好把《矿伤》这本书作一个定位，是纪实文学，还是一个基层干部的工作手记，还是作者的一本沉思感悟录？

不过在《矿伤》这本书里，我比较感兴趣的是作者记录的众生相，当然少不了有钱的矿老板、上级领导、辛勤的基层干部、各种专家、律师、"维权者"，甚至国家高干子弟，他们围绕着麻栗坡矿业的种种表现。由于《矿伤》作者文字功力和思想境界甚高，在他的笔下，这些真人身上所有体现出来的复杂性，绝对没有网络上一些网友那种看人"非黑即白"的简单描写。作者甚至对每一个人的叙述都彬彬有礼，"不同意你的观点，但捍卫你表达观点的权利"。

对《矿伤》这本书及作者，其实有一个很客观的评价，那就是在《矿伤》出版后几个月，国土资源部通报表彰，麻栗坡紫金钨业集团有限公司南温河钨矿获得"首批全国矿产资源开发整合先进矿山"的称号。这是从全国近6万个进行矿产资源开发整合矿山中，遴选产生的"首批全国矿产资源开发整合先进矿山"45个中的一个，这也是云南这个"有色金属王国"的骄傲。而在此之前，包括云南电视台《都市条形码·封面》、《中国矿业报》、《云南日报》都对麻栗坡矿产整合成功经验进行过报道，对作者进行过深入访谈。此次《矿伤》一书让人既欣赏作者文采，又对整个整合过程进行形象了解，是一件令人高兴的事。

也许是篇幅所限，以及作者毕竟不是专业作家，我个人觉得《矿伤》一书还可以写得更为细致一些，毕竟，我相信在麻栗坡矿业整合过程中，还有很多复杂的故事和亮点可以提炼记录。还希望作者在今后的日子里给我们继续展示。

但我们从《矿伤》这本书里，依然能清楚地看到云南人秉承科学发展观，在走向富裕、环保道路上的不懈努力，也是我们全社会治愈"矿伤"的一本云南医案，它是不是一剂矿山产业疗伤的"云南白药"？读者可以持续关注。

◀ 该文在天涯社区、金碧坊及云南日报发布。

▶ 部分评论：

臭猪然然　2011-11-18 08:34
　　一种政策的推行必定有受益者，也必定有受损者。当矿业繁荣时，各类社会资金纷纷涌入矿业权市场，其中不乏投资者的投机行为。这类投资者对矿山开发一无经验二无技术，有的根本就没打算进行勘察开发活动，只想在矿业权市场上赚一笔走人。投机的大量存在增加了真正从事矿业开发业主的交易成本，也降低了整个矿业经济系统的效率。同时，投机的存在会进一步扰乱矿业秩序，加剧矿业权市场的混乱。矿产资源是不可再生资源，其开发的过程本身就是资源消耗的过程，因此，整合的困难显得尤为突出，麻栗坡矿资源整合，是可持续发展有远见的做法，作为一名在麻栗坡的基层工作者，虽然没有参与整个整合过程，但对整合过程中遇到的各种艰难险阻也深有体会。矿产资源的整合，必须坚决贯彻国家政策与地方、矿区的实际相结合，必须以科学发展观为指导，在此基础上，明确产权，保证安全，走可持续发展之路，麻栗坡县委、县政府就是在这样一个环境下，在巨大的压力面前，带领大家做了一次科学发展的有益尝试，提高了资源利用率，实现了可持续发展的目标。我们相信，麻栗坡的矿产资源的整合，将会在不断地完善和创新中越来越好，矿业经济会真正造福于麻栗坡的广大群众。

姜子牙123　2011-11-19 09:05
　　很好！

曾斯　2011-11-21 08:47

　　不错！

走过路过看看瞧瞧　2011-11-21 08:59

　　看《矿伤》，让世人了解麻栗坡发展史，至少是近几年经济社会翻天覆地变化的发展史。整合前，矿区"三乱四难"，群众苦不堪言、提心吊胆；整合中，"难"字当头，但作者的一句人代会表态，公开、阳光的操作程序，让群众看到了希望，干部充满了信心；整合后，矿业真正成为拉动全县经济发展的支柱产业，成为矿区群众长期受益的"金山"，众生相的风言风语、猜疑预言不攻自破。

mlp小陆　2011-11-21 10:02

　　走科学发展道路，造福一方百姓。

sllwolfsll　2011-11-29 08:25

　　好书、好人、好事，这书淘宝上有得卖，可以去看看！

idala　2011-11-30 08:17

　　好书，有内容。

龙猫2020　2011-11-30 08:49

　　我刚看过，难得！顶顶！

阳光总在风雨后：读麻栗坡《矿伤》有感

 发表于 2011-11-15 11:41:02 ｜只看该作者 ｜倒序浏览 　　（董保延） 🔥[复制链接]

　　我与彭辉素不相识，拿到《矿伤》时，才知道作者是一位县委书记，心中就有些忐忑，说实话，对于时下许多党政官员写的书，我一般是不看好的。他们大多并没有多少可读性，有的属于附庸风雅之作，有的充其量不过是缺乏特点的"大路货"。况且，这本书给我的第一印象不是作者而是麻栗坡，因为我与这个在中国现代军事史上地位不菲的县城感情颇深。我曾经在那里经历战火硝烟，曾经在那里为保卫边疆的战斗挥洒笔墨，曾经让青春在这片热土上神采飞扬……可是，当我认真读完这本书后，我有些惊讶，它仿佛又带领我再一次穿越战地，聆听炮声，经历了在建设边疆进程中的另一场战斗。

　　这本10来万字的作品，有纪实文学的痕迹，也有散文的潜质，但是严格地说，它是工作散记，是一位实际工作者用脚步丈量自己深爱的土地时的内心独白。至少我在读《矿伤》时，再次感到了震撼，找到了在那片土地

上篇

边城印象

BIAN CHENG YIN XIANG

上今天依然执著于信仰、执著于坚持、执著于事业的人。

浓烈的忧患意识。弥漫在《矿伤》中的浓烈的忧患意识，是感动我的最重要因素。麻栗坡是"赫赫有名"的国家级贫困县，连续多年的战火与战后重建定格在人们记忆中的是贫穷和落后。作为一县之首，如果没有这种忧患意识，就应该视为基本不称职，毕竟，你来这里不就是要攻坚克难的？彭辉走马上任伊始，不仅仅要为脱贫治穷努力，还要面对着那已经十分混乱，并且与该县命运息息相关的矿山。于是，本部作品上篇"全民开矿的年代"中所展现的山河破碎、贫富分化、政府公信力危机、老百姓生计悲悯等等，显得是多么真实又多么令人担忧。就是在这样近乎于"不突破毋宁死"的背水一战中，作为县委书记的彭辉当机立断，以勇立潮头、破茧成蝶的气魄，开始了矿业整合的艰难行程。这种忧患意识之所以可贵，是彭辉们从本县混乱矿山的现状中，发现了目前中国矿业秩序普遍面临的危机；是他们从一个钨矿洞里的累累伤痕，洞察出面对国家资源和财富金钱，各种利益群体众生相的鄙视和反击；是自己从这一生死苦斗中，

发现了其中蕴藏着的关于合理利用资源、改善生存环境、减轻自然灾害，关于保护生态环境就是保护人类自己的理念。正是由于彭辉和他的同事们具备了这种忧患意识，才激励他们不屈不挠，排除万难，取得矿山整治工作的最后胜利，"麻栗坡模式"因而获得了国家有关部门的褒奖，彭辉代表该县在不久前举行的全国国土资源表彰大会上交流了经验。

纯真的公仆情怀。我们常常说，领导干部要当好人民的公仆。可是，究竟以什么为标准？在一些人那里还不是很明确。但是从《矿伤》中，我却看到了一位人民公仆实在而具体的形象。做公仆，首先得有责任和良知。初到麻栗坡时在矿山看到的两件事使作者"印象特别深刻"，一件是面对私挖滥采、偷采盗采钨矿资源的局面，彭辉作出了"完不成矿业整合，我就在人代会上主动辞职"的承诺；第二件是直面矿山矛盾、敢于碰硬，敢于拿混乱的矿山"开刀"，他身体力行深入第一线，呕心沥血办实事，不达目的不罢休。我们看到的，不仅是一个人一个群体在奋斗，而是一种力量一种方向的势不可当，这就是人民群众根本利益和法制力量的体现。一个站到了广大人民群众立场上的领导者，就一定理直气壮，正义凛然。民生问题，是全社会最关注的神经末梢，也是社会各界最关心的重大民心工程。发展民生、关爱民生，一直是麻栗坡县委、县政府"情系百姓、爱洒边疆"的主旋律。钨矿整合，就是最好的体现。《矿伤》中有几个情节是颇具说服力的，一是当所谓的法学博士一次次掀起"维权"闹剧时，彭辉的据理力争，针锋相对；二是对那些拉大旗作虎皮的老板、闭门搞"地勘"的专家学者以及形形色色的新闻记者，彭辉的光明磊落，不让

边城印象

寸分。从中，我们是不是感到了，麻栗坡钨矿的整合，其实就是向心力和凝聚力的整合，是人心、民心的整合。在这个过程中，我们看到的不仅仅只是矿山的"拨乱反正"和一个县的健康发展，还看到了以彭辉为代表的一批领导干部——人民公仆最纯真的情怀。

朴实的智者文采。读其书，识其人，《矿伤》让我认识到的彭辉不仅勇于实践，并且善于思考。在翻阅这本书的过程中，我一边读文字，脑海里一边就会出现那些我曾经熟悉的地方的画面，在时隔若干年后，写在那片土地上发生的，尽管已经是和平年代的篇章，却一样惊心动魄、一样耐人寻味。我认为"成果背后的思考"这一部分，是作者经过艰难行程以后取得的"真经"。它在国家资源安全、和谐社会和法制建设等层面的思考，对于我们怎样科学地管好矿、用好矿，让矿山的管理和开发真正走上正确的轨道大有益处。一位基层党务工作者竟然能够如此内行、如此生动、如此通俗地向我们上了事关国情教育的一课，该书无疑创造了一个奇迹。无论是关于"鸡刀杀牛"获得的启示，还是对处置矿山突发事件的新认识；无论是拷问所谓专家学者，还是质问那些无视国家人民资源财产的掌权人，乃至对有法不依的谴责，对加强矿山管理的迫切，等等，都是在朴实无华的叙述中闪耀着思想抑或文化的光彩，颇有点石为金之风范，振聋发聩之魄力。这些思考对包括彭辉在内的大多数执政者来说，是一笔宝贵的精神财富。为此，摒弃了我对官员所著之书的某些成见。至少，彭辉

和他的《矿伤》不属于那一类。

　　曾经想过，假如彭辉的时间再宽裕一点，精力再集中一点，行文再文化一点，那么，我们看到的发生在麻栗坡的这场矿山整合仗还会更加惊心动魄。不过，就已经成书的《矿伤》来说，他已经很尽力了。他带给我们的，不仅是钨矿整合成功的物质结果，还有凝聚在其中的关于为官、关于做人、关于价值取向、关于国富民强等诸多方面的精神财富。如同当年解放军不打无准备之战一样，彭辉对于打好这一仗也是有备而来的，否则，他就不会最初曾经想把书名定为《矿殇》，因为他早就感到这场战斗的艰巨性和失败的可能性。但是，他又深谙阳光总在风雨后的哲理，后来的胜利也说明，彭辉们以铁肩担起的道义是得人心的。得道多助，失道寡助。于是，在读过《矿伤》之后，我们也心甘情愿地与麻栗坡的父老乡亲们享受这风雨过后的灿烂阳光。

边城印象

BIAN CHENG YIN XIANG

该博文在新浪网麻栗坡频道、天涯网等多家网站发布。

部分评论：

青翠紫丁香　发表于 2011－11－15 17:48:58
董保延老师我倒是见过几次，聊过几次，文笔果然不错。
我喜欢写诗，喜欢一切自然的美好，更喜欢以文会友。

老浩　发表于 2011－11－16 12:05:28
董老师太有才了！麻栗坡老山前线是20世纪80年代中越边境冲突的主战场，早就驰名中外了，想不到还有那么多的矿产资源。《矿伤》究竟是写故事，还是写纪实？不知外面有没有卖，拜读拜读。

4#　发表于 2011－11－16 12:19:30
董老师太有才了，麻栗坡老山早就驰名中外了，想不到还有矿资源。《矿伤》到底是写故事的，还是写纪实的，外边有没有卖的？

七彩成白　发表于 2011－11－16 12:38:19
期待这样真正有文化、有见识、有胆识，既思且行的基层官员能再多些。

烟灰缸8　发表于 2011－11－16 14:50:54
资源、环境、自然灾害三者是息息相关、密不可分的，在麻栗坡，矿产资源是我们赖以生存的基础，也是经济发展的支柱产业。然而在面对这样一项艰难的工作时，应不应该整合，该怎么整合，是一个让人难以抉择的问题，在面对重重压力和困难的情况下，能彻底、有效地整合矿产资源，实属不易。领导者的大胆、果断让我们敬佩，我们感谢那些参与整合的人们。

金碧坊友　发表于 2011－11－18 08:46:30
一种政策的推行必定有受益者，也必定有受损者。当矿业繁荣时，各类社会资金纷纷涌入矿业权市场，其中不乏投资者的投机行为。这类投资者对矿山开发一无经验二无技术，有的根本就没打算进行勘察开发活动，只想在矿业权市场上赚一笔走人。投机的大量存在增加了真正从事矿业开发业主的交易成本，也降低了整个矿业经济系统的效率。同时，投机的存在会进一步扰乱矿业秩序，加剧矿业权市场的混乱。矿产资源是不可再生资源，其开发的过程本身就是资源消耗的过程，因此，整合的困难显得尤为突出，麻栗坡矿产资源整合，是可持续发展有远见的做法，作为一名在麻栗坡的基层工作者，虽然没有参与整个整合过程，但对整合过程中遇到的各种艰难险阻也深有体会。矿产资源的整合，必须坚决贯彻国家政策与地方、矿区的实际相结合，必须以科学发展观为指导，在此基础上，明确产权，保证安全，走可持续发展之路，麻栗坡县委、县政府就是在这样一个环境下，在巨大的压力面前，带领大家做了一次科学发展的有益尝试，提高了资源利用率，实现了可持续发展的目标。我们相信，麻栗坡矿产资源的整合，将会在不断地完善和创新中越来越好，矿业经济会真正造福于麻栗坡的广大群众。

金碧坊友098116　发表于 2011－11－19 13:03:57
《矿伤》真是好书，我在书店找到了，建议大家看看，很让人感动。

"殇"不再　"伤"正愈

——从彭辉的《矿伤》看云南麻栗坡矿产资源整合之艰

http://www.chinamining.com.cn　2011年11月24日　作者:本报记者 崔熙琳　编辑:中国矿业报

麻栗坡曾经很有名，是因为其重要的军事地位和当年那场令国人刻骨铭心的中越边境冲突。这几年，麻栗坡再次出名了，是因为其开创了全国闻名的"麻栗坡模式"，并成为全国矿产资源开发整合的先进、典型。

寒风乍起心尤暖，百花凋敝惟秋菊。2011年11月初，国土资源部、国家发展和改革委员会、工业和信息化部、公安部、监察部、财政部、环境保护部、商务部、工商总局、安全监管总局、国家能源局、煤矿安监局12个部门在京联合召开了全国矿产资源开发整合暨矿业权实地核查总结表扬电视电话会议，麻栗坡紫金钨业集团有限公司南温河钨矿获得"首批全国矿产资源开发整合先进矿山"的称号。该矿山是从全国近6万个进行矿产资源开发整合矿山中遴选产生的"首批（45个）全国矿产资源开发整合先进矿山"

之一。"麻栗坡模式"的开创者——云南省文山州麻栗坡县委书记彭辉，自然也在受表彰之列，他还代表地方党委、政府作了矿产资源开发整合典型发言。与此同时，与彭辉一起名动业界的，还有他所著的《矿伤》。此时，距离《矿伤》的出版，不过几个月的时间。

初见彭辉的人说，彭辉怎么看都不像是"官"，他给人的第一印象更多的是儒雅，文人气息很重，虽然他也结集出版了一些诗歌和散文，但这些都不是他的"正业"。事实上，雷厉风行、果敢决绝的他正是麻栗坡矿产资源整合工作的核心人物，是这场"战争"的决策者和推行者。可以说，没有他，就没有或者说起码不可能取得麻栗坡矿产资源整合如此大的成果。

同样，虽然已经成书，虽有散文一般的行笔，但在记者看来，《矿伤》不算是文学作品。确切地说，这是一部纸质的"纪录片"，细细素描，娓娓道来。它真实、完整地记录了一个钨矿大县近10年来矿业发展的曲折道路，特别是自2006年开始了步履维艰的矿产资源整合工作的艰辛历程；记录了那一场不见硝烟却比战争更令人惊心动魄、更为难打的利益之战——国家利益与个人私利之间的抗衡。

作为一名报道矿业的记者，对于"麻栗坡模式"，十分熟稔。然而，对于其来龙去脉，记者的兴趣更为浓厚，因为，在灼灼耀眼的成绩背后，必定有着不可想象的艰辛，非三言两语就可以轻描淡写地呈现。但当把这本书接在手中时，作者"官场人士"的身份先入为主地给记者以错觉，《矿伤》莫不是又是一本官员"自我感动"、"塑造脸谱"的鼓吹之作？"庆功酒摆上桌，辛酸泪流下来，过往艰阻皆成为正果修成前的必经劫数，被赋

予光环，供人观瞻。"而若单纯是总结经验、标榜功绩的"汇报"，多是寡淡无味，令人索然。

但初读序言之后，误解的云团便被击散了。"如果失败了，你只会被总结教训，在现代传媒的条件下，你还会被'人肉'。这个时候，你连狗熊都不是，像是一堆垃圾。有人会说'我早说过不能这样搞'之类的事后诸葛亮的话，会有很多人'跟风'鄙视你，谴责你，好像连踩你都嫌脏了脚。当事情做成了，成了先进、典型，过去的种种一下子就高大、完美起来，一些小的差错也成为文学式的冲突、悬念效果。"这段话显然已超脱常见的报告式"官腔"，率性中肯，还有一些决绝的勇敢。作为麻栗坡矿产资源整合的主要决策者和执行者，彭辉在这场改革中亲自持戟上阵，他的这种理性冷静、洞察世事，毫无做作之态。

麻栗坡是历史上的"名地"，也曾经被当地居民视为"穷地"，但现在，则是发财致富的"宝地"，却也由此被破坏成了"伤痛之地"。这个钨矿产量占云南省一半以上的县份，先是因为没有条件进行大规模的钨矿开发而经年贫穷；等到可以开发的时候，几乎汇集了所有矿业开发乱象的特点：社会治安乱、生态环境遭破坏，矿老板的暴富与老百姓的贫穷犹如天壤之别。一个矿业大县，竟然依然是国家级贫困县。老百姓说："麻栗坡的钨矿资源开采，损了国家，肥了老板；破坏了环境，留下了隐患；损害了干群关系，败坏了干部风气。"

《矿伤》是真实的，赤裸裸的真实，毫不遮掩。书中将麻栗坡在整合前的乱象一一呈列，触目惊心，看得人心绞痛不已，为资源的严重浪费，为民生观念的荡然无存叹息。

彭辉将当时的状况总结为"三乱四难"。

生产秩序乱。大小矿洞1000多口、选厂200多个，企业没有环保、土地等审批手续和设施，开采混乱，生态环境破坏严重。

治安形势乱。成千上万的"淘金者"引发的刑事治安案件、突发事件让管理部门疲于奔命。

群众思想乱。没有兼顾群众利益，群众私采盗采，土地撂荒，偷盗矿

山资产，暴力对抗矿山整治。基层组织人心涣散，部分公职人员也私下非法参与挖矿。

安全监管难。存在极大的安全隐患。每年都发生多起矿难，死亡十几个人。

税收征管难。一些矿主想方设法逃税，钨矿税收还不够矿山整治费用。

企业发展难。企业规模小，生产水平低，回收率低。

政府依法行政难。矿山难管，企业难管，群众也不听管，管理部门多，谁都可以管，但谁都管不好。

毋庸置疑，对于这样一场与多方利益博弈的矿业资源整合"战役"，书中的记录是真实的，但正因为过于真实，情节比电视剧或者小说更为精彩，更令人揪心。矿山上的大小企业主、形色各异的新闻记者、涉及利益的村民、上级领导、各种专家、律师、"维权者"，甚至一些高干子弟，都一一粉墨登场，喧嚣扰攘的一桩桩、一件件"棘手之事"汹涌而来，令人难以招架。一个几度迫于无奈欲要辞官的县委书记，一段实打实的艰难回顾。这场整合，胜得不易，更胜在坚持。

2006年年底，麻栗坡县里成立领导小组，制订了整合实施方案，明确了工作思路，通过赎买、整治等手段，引进专业、环保的外来资本，将分散的矿权回收到了县政府的手里，进行有序、科学的开发。这与中央进行矿产资源改革的精神几乎完全一致。

然而，在整合的每一个阶段，都有不少人给政府"出难题、设障碍、设圈套"，但县委、县政府"软硬不吃"，敢于向非法采矿者、说情者、威逼利诱者说"不"，顶着各种风险和阻力，每一阶段、每一环节都步履维艰。

第一个敢于作出决策的人无疑需要坚定的勇气，但更为艰难、令人唏嘘不已的，则是过程中的执行，这需要群体的力量。一如彭辉所说："干过资源整合工作的都是吃辛苦饭的人。麻栗坡的钨矿资源整合是一个大的系统工程，我只是主要的策划者和推动者。思路和方案都在我的头脑中、电脑中，有什么大的压力我会去顶着。但是，这项大的系统工程，是一群人完成的，不是哪一个人就干得了的。"有这样勇于坚持、追求真理的一群人的支持，彭辉无疑是幸运的。

过程艰辛无须细述，遇到的困难更是不胜枚举。这一切，在书中都已

边城印象 BIAN CHENG YIN XIANG

展露无遗，无须赘言。可以肯定的是，整合成效显著，正如彭辉在表彰大会上所总结的那样：

一是推进了廉洁政府、阳光政府建设。在整合中主体的确定过程中，有纪检监察机关监督，公证处公证，电视台直播，群众代表监督，评审人员随机抽取，使暗箱操作插不上手。二是有效规范了钨矿开发秩序，实现了矿业经济发展方式的转变。整合企业对资源统一规划、综合利用，产业链延长；新建了规范的尾矿库。三是实现了矿区安全生产和社会稳定。整合后矿区的刑事案件、治安案件下降了70%，突发事件基本没有发生。四是群众得到实惠。采取矿区有偿管护、入股并优先分红等方式兼顾群众利益。县里将5100万元的国有股权收益全部用于改善矿区的民生和支持矿区发展。

当然，这些总结也存有一些汇报的风格，与书中的行文风格相异，但这并不虚妄。因为，他们都是从真实的体验中总结而来，不管以何种方式呈现，都值得称道，值得效仿：

"必须坚持贯彻国家政策与考虑地方、矿区的实际相结合，才能确保整合取得成功；必须强化责任意识，履行政府职责，并协同各部门形成合力，才能实现整合的目标；必须坚持政府引导、市场运作的方式，用赎买的方式推进，才能减少负面因素，确保整合顺利推进；必须兼顾好群众利益，做好群众工作，动员方方面面支持整合，才能牢牢掌握整合的主动权。"这些是智慧、汗水、泪水汇集之后的结晶。

　　彭辉曾担心整合会"夭折"，将书名起为《矿殇》，颇有"风萧萧兮易
水寒，壮士一去兮不复返"的悲壮情怀。如今，《矿殇》变为《矿伤》，
实为可喜。但剧终路未终，虽已"起死回生"，但伤痛痊愈仍需时日，更
需良医、良方继续调理。"士不可以不弘毅，任重而道远"。麻栗坡的钨
矿开发与整合，还需要继续抓好关爱群众利益和依法整治矿山这两手，关
心、支持、监督整合企业，才能进一步巩固整合成果，实现矿业经济的良
性发展。

　　无论如何，我们庆幸"伤"未演变成"殇"，庆幸这座小城正在带领更
多地区修复曾被重创累累的故土。我们更期待着，这场改革的有益经验能
如"云南白药"一样，令无数类似的伤痛痊愈。

◀　该文在中国矿业报发表。

边城印象

BIAN CHENG YIN XIANG

国在，山河在，便是最好的时代 彭辉《矿伤》读后

云南网络专栏作者：吴梦婷　http://qcyn.sina.com.cn 2011-11-30 新浪七彩云南

　　迟迟没有翻开这本《矿伤》。因为事前已经得知，书中的小城麻栗坡如今已是全国矿产资源开发整合的先进、典型。坦白说，我是抗拒这类"自我感动"的，也抗拒"脸谱化"的塑造。庆功酒摆上桌，辛酸泪流下来，过往艰阻皆成为正果修成前的必经劫数，被赋予光环，供人观瞻。而如若只是单纯总结经验的"技术帖"，亦是兴趣寡然的。

　　直到无意中在作者自序里读到这样的话："如果失败了，你只会被总结教训，在现代传媒的条件下，你还会被'人肉'，这个时候，你连狗熊都不是，像是一堆垃圾，有人会说'我早说过不能这样搞'之类的事后诸葛亮的话，会有很多人'跟风'鄙视你，谴责你，好像连踩你都嫌脏了脚。当事情做成了，成了先进、典型，过去的种种一下子就高大、完美起来，一些小的差错也成文学式的冲突、悬念效果。"

　　心惊了一下。作为作者，他显然对看客的惯性思维有所了解，理性冷静；作为这场改革中亲自持戟上阵的官员，这行文显然超脱常见的报告式"官腔"，率性中肯。其间，夹杂一丝略微的感性。是的，感性。

　　我决定读下去。

　　对于一个资历浅薄的外行，我自然难以关注门道。从一开始，便注

定看到的是剧幕中的众生相。

　　首先是以作者为代表的第一视角。

　　我记得作者在开初列举过一桩往事。当年在某县取缔土法制锌时，于呛人的炼锌土炉边与农民工零距离交谈。很意外，作者并未以执政者自居，并未劈头盖脸地谴责这些食不果腹的苦工愚昧无知。他看到的是挣扎在底层、仅为温饱拼搏的生命，是几个在炉子上烤来作为午饭的土豆。他问的是："知不知道矽肺病这些职业病的后果？"

　　想起在京工作时曾采访过的某司负责人谈到"文明"，她皱着眉说："地铁拥挤成那样，人在其中连站立的缝隙都快没有，完全失去基本的尊严和私隐，文明从何而来。"她关注的角度令我略感诧异，因为我所熟知的是：大部分外来蚁族认为能在京城立足已属不易，被当做沙丁鱼塞进"罐头"其实不足为道，更称不上失却尊严的事。

　　也想起某媒体采访一户难民，对方称困难到吃不上菜，记者大惑：那

上篇

边城印象 BIAN CHENG YIN XIANG

为什么不吃肉呢。当然，这或许就是个冷笑话。

我固执地相信，阶层之间的地位悬殊和观念鸿沟毕竟是无法逾越的。世界上总有那许多锦衣玉食之人不能理解：对于更多的人而言，放下的前提是拥有，感同身受是个彻头彻尾的伪命题。

但如今知晓，起码有那么一些人，是在尝试逾越庙堂与江湖深堑的。

对于"奉献"，他的理解也多少叫我意外。"必须要为崇高道德立一些标杆，但更要宣传那些略高于普遍道德的典型。谁的奉献要做到'无私'是很难的。让奉献体现出应有的价值，这样的宣传感召力更大。"

一味鼓吹奉献精神，塑造无欲无求的道德楷模，是的，普遍如此的环境我腻味至极。生而为人，接纳无从摄受的色身六根，持有合理范围内的发展动力，是为人性。将自己作为共产党人的精神境界从神龛上拿下来，赋予温情、逻辑而非神性——秉持这样真实的价值观最终完成一个高风险的任务，这并不令人难以理解。作为一个时常在出世入世间徘徊，半俗不雅的夹缝中人，接受规则的入戏深重与烟火不近的自我标榜，两者皆过于虚浮。唯有携带瑕疵与节制的真实，方能令我动容。

继而，"维权"闹剧中的法学博士、形色各异的新闻记者、矿山上的大小企业主、涉及利益的村民，喧嚣扰攘的一桩桩一件件，以曾经盛极一时的钨矿小镇为背景。我快要以为，这是一部纪实小说。出彩之处并不在于故事情节，也不在于结尾的团圆美满、尘埃落定。我一再暗自感叹：它胜在率真，也胜在理性的思考。一个几度迫于无奈欲要辞官的县委书记，一段实打实的艰难回顾，它胜在不易。

最后的不易，是作者的换位思考。改革势必伴随牺牲，而这一次，指挥者并未以哪怕最底层农民的最终利益作为代价。即使陷入矛盾与冲突的阵痛，也终于挨住，换来最后的保全。如果说这本书对我有一些行业启示，我想是在于作者

最后替媒体所作出的思考："回避负面的东西是错误的，应该相信受众的心理承受能力；但放大负面的东西更是错误的，它会诱导社会的不稳定因素，我们不该高估受众的理性。"这一点，亦留给更多的媒体人就此起彼伏、光怪陆离的社会事件去思索。

剧终路未终，这仅仅意味着开始，所谓任重道远，在于此地。无论如何，我庆幸"伤"未演变成"殇"。

无论身处时间的哪一段河流，国在，山河在，便是最好的时代。

 该文在新浪网麻栗坡频道、天涯网等多家网站发布。

▶ 部分评论：

@紫色海洋魂　2011-11-21 11:26:00
美女作者，美丽文章！

边城印象

BIAN CHENG YIN XIANG

资源整合让麻栗坡全县人民都成了股东

　　"物以稀为贵"这是对市场经济最粗浅的认识，也是对优势资源最基本的概念。

　　当今时代，是一个资源短缺的时代，资源的不可再生性、不可替代性，决定了谁拥有资源，谁就能掌握发展的主动权。就县域经济而言，具备一定的资源优势，是经济发展的重要基础，是发展经济的潜力和优势所在，也是招商引资的希望所在。

　　地处滇东南的云南省文山壮族苗族自治州麻栗坡县，东南部与越南河江省的同文县、安明县、官坝县、渭川县、黄树皮县和省会河江市"五县一市"接壤，国境线长277公里，总人口27.8万人，全县国土面积2334平方公里，99.9%为山区，却是矿产资源丰富，矿种多样。目前，全县已探明的固体矿产有38种，已探明的金属矿产贮藏量达607.8万吨。

　　拥有丰富的资源后，是快马加鞭，大干快上，"多点开发、遍地开

花"，还是，牢牢掌握资源主动权，管住不规范开采，将优势资源由理论上的优势变成了发展中的优势？

麻栗坡县钨矿区有30多平方公里，原有几十个矿业权。县委书记彭辉把当时的状况总结为"三乱四难"：

生产秩序乱。大小矿洞1000多口、选厂200多个，企业没有环保、土地等审批手续和设施，开采混乱，生态环境破坏严重。

治安形势乱。成千上万的"淘金者"引发的刑事治安案件、突发事件让管理部门疲于奔命。

群众思想乱。由于没有兼顾利益机制，群众私采盗采，土地撂荒，偷抢矿山资产，暴力对抗矿山整治。基层组织人心涣散，部分公职人员也私下非法参与挖矿。

安全监管难。存在极大的安全隐患。每年都发生多起矿难，死亡十几人。

税收征管难。一些矿主想方设法逃税，钨矿税收还不够矿山整治费用。

企业发展难。企业规模小，生产水平低，回收率低。

政府依法行政难。矿山难管，企业难管，群众也不听管，相关部门多，谁都可以管，但谁都管不好。

2006年年底，县里成立了领导小组，制订了整合实施方案，明确了工作思路，决定引进一批实力强、善经营、懂管理的大集团、大企业落户麻栗坡，对资源型的招商引资向"选商选资"过渡，由"数量型引资"向"质量型引导"转变。

资源优势要转变为经济优势、发展优势，首要前提是要形成产业优势。因此，选择合作企业就显得非常关键。选得好、选得准，发展速度就可能会快一些，质量就会高一些。在资源性的产业选择上，要搞"比武招亲"，不搞"包办婚姻"，也不搞"拉郎配"，要让市场机制来选择。什么样的企业才是最好的、最优的，最现实的途径就是政府搭建平台，制定"游戏"规则，让不同的企业同台竞技、择优选取，通过"比武招亲"的方式，为"女儿"选择身体最壮、相貌最好、最踏实、最有本事的"姑爷"。

麻栗坡通过准确定位自身优势，依托县内钨矿资源，通过公开、公平、公正的"比武竞争"方式，由随机选取的州县评审专家团无记名投票，开展选择性招商，让最具实力、拥有核心生产技术的企业拥有资源，引进福建紫金集团投资23亿元，成立了麻栗坡紫金钨业公司，收购了原来的企业资产，整合开发县内钨矿资源，初步实现"优势资源向优势产业集中，优势产业向

优势企业集中"，形成了公开、公平、公正招商的"麻栗坡模式"，得到了国家的肯定。

这是县委书记彭辉的最得意之作。他兴奋地告诉宾语，整合中主体确定过程中有纪检监察机关监督，公证处公证，电视台现场直播，群众代表监督，专家和评审人员随机抽取，暗箱操作插不上手，推进了廉洁政府，阳光政府建设。

同时，有效规范了钨矿开发秩序，实现了矿业经济发展方式的转变。整合企业对资源统一规划，综合利用，产业链延长。实现了矿区安全生产和社会稳定。

整合后矿区的刑事案件、治安案件下降了70%，突发事件基本没有发生。

群众得到实惠。采取矿区有偿管护、入股并优先分红等方式兼顾群众利益。县里将5100万的国有股权每年的收益全部用于改善矿区的民生和支持矿区发展。

根据麻栗坡县人民政府与麻栗坡紫金钨业集团有限责任公司签订的钨矿资源整合协议规定，麻栗坡县人民政府所属的县国有资产经营有限责任公司持有麻栗坡紫金钨业集团有限责任公司10%的股份〔根据《麻栗坡

边城印象

BIAN CHENG YIN XIANG

县人民政府关于公开转让麻栗坡国有资产经营有限责任公司持有紫金钨业公司部分产权的批复》（麻政复〔2009〕61号），10%的股份中转让股权49%，国有股权51%〕。

为加强股份收益的监督管理，充分发挥股份收益的使用效益，积极推动县里的经济社会发展，使矿业经济真正造福全县群众，县人大常委会还专门制定了《麻栗坡县钨矿国有股份收益管理办法》（以下简称《办法》）。

《办法》明确规定：

县国有资产经营有限责任公司代表县人民政府进行管理，并在银行开设专户对股份收益进行专户储存、专户管理、专户使用。股份收益由县委、县人民政府审批。

股份收益使用的原则是：

股权为民的原则。县国有资产经营有限责任公司持有麻栗坡紫金钨业集团有限责任公司股份的收益必须直接用于造福全县群众的项目，使矿业经济真正造福全县群众。

投向农村的原则。主要用于支持农村基础设施建设，扶持农民增收项目，改善农村群众的生产生活条件，救助农村弱势群体，支持涉及全县重要的、覆盖群众面较大的基础性社会事业发展项目。

长期使用原则。根据与紫金集团签订的协议，股权及其收益永久不得转让、抵

押，保证股权收益长久造福麻栗坡的广大群众。

限制使用范围原则。股权收益不得用于下列支出：（1）县、乡镇机关单位的办公经费；（2）学习考察经费；（3）接待费用；（4）车辆等设备购置；（5）县、乡镇机关单位的基本建设支出。

公开公正原则。股权的收益、使用情况必须进行公开。

《办法》把股份收益使用范围限制在"奖教助学"：每年的股权收益部分的20%通过紫金奖教助学基金的方式用于奖教助学，其中的50%直接用于兑现当年的奖教助学，使更多的农村学生受益，用于矿区的奖教助学要占一半以上；另外的50%注入紫金奖教助学基金本金，不断扩大基金本金，更好更长久地通过奖教助学为群众办实事，办好教育，为经济社会发展打下坚实的基础。

支持矿区群众发展经济：钨矿国有股份收益的15%直接用于矿区农村，投向农民。

矿区弱势群众救助：钨矿国有股份收益的5%用于矿区弱势群众的救助，按比例分配到村小组，村委会根据村民的贫困程度统计公示后上报乡、镇、县。

基层组织及和谐矿区建设：钨矿国有股份收益的20%用于基层组织建设以及和谐矿区建设，村委会占其中的20%、村小组占50%。乡镇政府必须在收到资金的20天内下拨到村，否则将扣减乡镇的行政经费作为处罚。

支持全县经济社会发展：钨矿国有股份收益的40%用于支持全县经济社会发展。

在从麻栗坡返回昆明的途中，宾语收到了麻栗坡县委书记彭辉的一条手机短信：我提供给你们的材料中，有一份国有股权使用办法，是我在矿产资源开始整合时就亲自起草的。我想探索一种开发惠民的长效模式，不因领导的变更而改变。现在5100万的原始股，可以卖几个亿。想让它长久用之于民。尽管艰难，但做到了。

人人是股东，人人从中受益，这才是真正的造福于民。

该博文在人民网、光明网、网易网、腾讯网发布。其中，腾讯网首页推荐。截至2012年5月22日，各大网站总浏览量为7.1万，总评论量为133。

> 部分评论：

红色麻栗坡：
2011年股权收益使用情况。

★锁爱╲☆　评论时间: 2012-05-02 08:15:43
这个县的做法要在全国推广。

aa　评论时间: 2012-05-02 08:59:51
是真的吗，老百姓不用投钱就可以入股吗，如果是真的那就是好，可以值得在全国推广。

花仙子　评论时间: 2012-05-02 09:54:11
政治噱头。

乐神的女儿　评论时间: 2012-05-02 09:59:12
如果全国都这样推广，那我们老百姓真是会感激得流出幸福的泪花。加油推广！

★贾宝★　评论时间: 2012-05-02 10:08:16
资本主义并不是坏东西，关键是看股权掌握在谁的手里，在资本家手里就是资本主义社会，在人民群众的手里就是社会主义社会。

黄胜友　评论时间: 2012-05-02 10:42:03
值得全国有矿产资源的地方学习和推广。

宾语-名博　评论时间: 2012-05-02 12:01:00
麻栗坡县委书记彭辉说：当时我设计这个制度时，首先想到的是我们这个政府很多钱浪费了。给下任官员留包袱的多，留资源的少。乱用的事不能避免，所以要有制度。后来又不放心，提交人大决议。监督这笔钱的人都是本地人，谁再想打这笔钱的主意，大家也不干啊！

云舒里的晴天　评论时间: 2012-05-02 12:08:01
支持这种探索，一切为民！

如风逝　评论时间: 2012-05-03 00:49:27
这个是好事，怕就怕好头烂尾，最后那笔钱不知让哪个先富起来了？

wq　评论时间: 2012-05-03 12:28:38
看到如此美丽的麻栗坡，我等的鲜血在八里河东山就没有白流，祝麻栗坡更好！

946928469　评论时间: 2012-05-03 14:38:03

这个提议非常好，如能良性健康发展应该是一件利国利民的好事。只是担心地方保护主义和官僚势力的利益问题使这个方法实施起来会难上加难。毕竟干实事的领导不多了，他们看到的只是短期的效益（这和政绩有关）。祝你们坚强的、执著的实干精神永存。

山花烂漫　评论时间: 2012-05-04 13:48:35

所谓"全民是股东"可能是彭辉书记的理想和愿望——也可能只是个噱头！县国有股权占紫金钨业公司股权的10%，其中转让股权49%，国有仅占剩下的51%！又把每年的收益按20%、15%、5%、20%、40%的比例，分别回馈各个方面……经过层层管理、剥皮——真算不清矿区农民、受伤的村民能够得到多少实际帮助？

山花烂漫　评论时间: 2012-05-04 13:57:42

引用：如果矿业惠民的机制推广到全国，那前景相当可观！看看山西、陕西的煤老板、油老板——买成片别墅、团购飞机、国外投资、移民！他们靠国家资源暴富，也带动当地政府税收及官员的爆肥！可是普通居民、农民离公平、均富差距太远了！

头老晕晕　评论时间: 2012-05-04 20:08:33

你敢相信吗？敢吗？

与芳香共伴　评论时间: 2012-05-05 08:38:51

游戏规则要遵守，监管机构要落实。资源是国家的，国家是人民的。要让老百姓得到实惠，惠民万代，才能长治久安。

河东叟　评论时间: 2012-05-05 10:00:40

太新鲜了，研究研究。

沧海一笑　评论时间: 2012-05-05 10:04:53

好像都是用股权收益干些什么基层建设之类，有没有实际像华西、长江村一样真正把收益发到农户手中呢？若没有，并不值得夸赞。

主人：主要用于矿区群众，有的用于全县的公益事业。

。，。，　评论时间: 2012-05-05 10:56:26

不分享就没天理了。

├ong超　评论时间: 2012-05-05 11:10:18

人人是股东，才是真正的社会主义，我们应该是这个社会的主人，而不应该是这个社会的奴隶。

rose/mg　评论时间: 2012-05-05 11:25:53

给力呀！人民的政府在这里得到充分的体现。

火龙果粥　评论时间: 2012-05-05 11:45:20

本来就是人民的，咋又成他给人民的，作秀吧！

十兄　评论时间: 2012-05-05 12:51:08

如同掉馅饼。

江淮一夫　评论时间: 2012-05-05 13:07:10
　　老宾，老彭这么说真的是伪命题？

小树　评论时间: 2012-05-05 14:15:28
　　如果真的像报道一样，真的是民、是主，政府是为民服务的机构，毛主席讲的中国人民万岁得到体现了，国家永固了！

灰姑娘　评论时间: 2012-05-05 16:47:45
　　真造福还是假造福？还有待于考验！

灿灿　评论时间: 2012-05-05 16:49:52
　　好，继续探索努力，没有解决不了的问题。

@####　评论时间: 2012-05-05 22:44:06
　　你们想到没有？为什么国家资源变成一部分人的福利？真的是不好管？管不好？根源在哪里？

东方森　评论时间: 2012-05-06 07:40:47
　　我移民麻栗坡也是股东吗？

\シ従頭涌唻ジ　评论时间: 2012-05-06 08:39:28
　　要真的是这样，我们就没那么穷了……

南无阿弥陀佛　评论时间: 2012-05-06 16:57:09
　　选好"姑爷"是怎么做蛋糕，分配股权是分好蛋糕。这种做法应全国推广。

独孤求败　评论时间: 2012-05-06 23:31:26
　　真的好，值得全国推广啊。人民当家做主，是人民就要还给人民，否则人民政府就是在侮辱人民。

都跌　评论时间: 2012-05-07 01:17:00
　　这算不算私分国有资产或国有资源？虽然分的人多了一点。

柳浪闻莺　评论时间: 2012-05-07 01:51:53
　　只要想着为人民服务就没有什么"两难"的事情。只有那些心里想着为少数人谋利益才会觉得为人民办事儿太难了。

逍遥剑客　评论时间: 2012-05-07 05:53:13
　　矿产是国家全民的还是地方部分人的，造福全民还是造福一方。照此办理，各地可以占山为王私分财产了。

半痴半傻　评论时间: 2012-05-07 09:24:42
　　国有企业按理说国人都有份，但实际上老百姓有份吗？

KK　评论时间: 2012-05-07 09:48:30
　　应该是这样，资源是人民的就应为民所享，如果全国各地都这样，那社会问题就没那么多了。

端宏斌的博客
开放思维看经济
http://duanhongbin.blog.ifeng.com

| 博客 | 相册 | 报栏 | 左邻右舍 | 留言 |

麻栗坡模式让矿山真正为百姓服务

2012-05-04 17:41:21

　　在现在的中国，一提起"矿山"两个字，人们脑海中往往浮现出那么三幅画面：首先是被破坏的环境，尾矿乱倒，树木滥伐、空气与水源被严重污染，当地农民患上各种怪病；接着是腰缠万贯的矿主们，挥金似土，生活奢靡，用钱去腐化官员，达到权钱勾结的目的；最后是贫穷的矿工，过着朝不保夕的日子，在恶劣的环境里工作，身心受到摧残，还没有任何劳保，一旦丧命，20万就能打发掉。

　　有那么一个叫做麻栗坡的地方，以前也是这样子，虽然矿产资源丰富，光是钨矿产量就占了云南钨矿业一半

以上，但是在很长一段时间内小矿窑私采盗采，损了国家，肥了老板，破坏了环境，当地老百姓基本无法受益。

　　那些采矿小老板基本都是外来人员，人人都抱着捞一票就走的心理，从来不知道环保是何物，甚至连尾矿库都不建，采矿的废料就直接往山下扔。特别是在2005年之后，由于钨矿产品价格狂飙，大大小小的矿主蜂拥而至，矿山上最少时有几千人，最多时有来自全国各地的采矿者两万多人。由于企业规模小，生产水平低，回收率、资源利用率低，采富弃贫、资源浪费严重。

　　2006年，全县实际钨精矿产量在3000吨以上，但全县仅实现地方税收273万元，每年有近2000万元的税收流失，而矿山专项治理经费就达600余万元，地方的税收还不够用于矿山的整治，变成了"守着金山要饭吃"，一个矿业大县竟然是国家级的贫困县。

　　从2006年起，麻栗坡开始了矿山改革之路，基本的思路其实很简单，将矿山从非法开采者手中抢救回来，然后全国招标，寻找一家有实力的大型企业合作，这样既能保证环境投入、又能保证税收，同时让农民集资入股，使得当地百姓也能够年年享受分红。然而说起来简单做起来难，整个矿区共有100多平方公里，涉及100多个村寨、两万多名群众、几十家企业、几千名股东、上万名私挖滥采者。在这样复杂的情况下，整合的难度是可想而知的。上级领导有一句评语很精辟，他对彭辉说："只要你们常委班子中没有人的屁股夹着屎，整合工作就搞得成。"

最后麻栗坡找到了紫金矿业作为合作伙伴，公司总共投入了23亿元，整合效果明显，到2010年，麻栗坡实现矿业产值4.7亿元，比整合

前的2006年增长了1.5倍，整合企业紫金公司纳税达1.3亿元。集资入股的百姓，也能拿到数万元的分红款。

政府有了钱之后大力投资民生工程，我们参观的麻栗坡民族中学是当地最好的建筑，即使放在内地也不算差，在一片山谷中硬是开辟了一大块地，山区建设真是不容易，有时候为了一小块操场，需要把一座丘陵削掉一半。为了防止山体滑坡，还要把多根一米粗，十几米长的水泥柱打入山腰。

麻栗坡模式很好地将矿山的利益、政府的利益、企业的利益以及百姓的利益绑在了一起。这套模式将产权清晰地进行了界定，杜绝了官员流动所带来的不确定性，如果能够向全国推广，将是各地矿区百姓之福。

上篇

边城印象

BIAN CHENG YIN XIANG

◀ 该博文在凤凰网、腾讯网、新浪网等多家网站发布。

麻栗坡的海隅钨业

【严建设云南游181】 (2012-05-06 17:26:38)

标签: 麻栗坡 厦门钨业 云南游 企业可持续 七彩云南 严建设 麻栗坡采风 财经 分类: 【原创】严建设旅游美食图文

　　捧读麻栗坡彭书记的《矿伤》，心情颇沉重。在麻栗坡矿业资源整合前，那些矿主开豪车、买豪宅，而普通矿工付出健康和生命的代价的场景如在眼前一般。

　　对于金属钨，其实还不陌生。至少从小换过电灯泡，知道里面耐高温

的钨丝。经介绍得知，钨还能制造高速切削合金钢、超硬模具，中国的钨矿在世界上位居第一。高质量的APT及中颗粒钨粉指导价为每吨19.4万元。

走进这个大楼，感觉怕是已看到麻栗坡的利税大户。其实参观工矿企业很有些意思，但个别人没啥兴趣，干脆躲在空调车上不下来。我是随大流惯了，不愿意放过任何参观与拍摄的机会，自然和大流人群走进企业大楼。当然，很多大型设备我都没搞清楚它的用途，只是在标本室里，看到用荧光灯照射下的矿石发出紫色的光芒甚有趣，有些矿石中嵌着碧绿色的条状物，像漂亮的翡翠一般。

该博文在人民网等多家网站发布。

上篇

边城印象

BIAN CHENG YIN XIANG

麻政复〔2012〕91号

麻栗坡县人民政府关于钨矿
国有股份2011年收益分配使用方案的批复

麻栗坡国有资产经营有限责任公司：

《麻栗坡国有资产经营有限责任公司关于麻栗坡县钨矿国有股份2011年收益分配使用方案的请示》（麻国资公司请〔2012〕1号）收悉。经县人民政府研究，现批复如下：

一、同意《麻栗坡县钨矿国有股份2011年收益分配使用方案》。

二、请麻栗坡国有资产经营有限责任公司按照《麻栗坡县钨矿国有股份2011年收益分配使用方案》，及时将资金划拨到有关乡镇；大坪镇、天保镇、猛硐乡人民政府要严格按照《方案》及时予以兑现。

附件：《麻栗坡县钨矿国有股份2011年收益分配使用方案》

二〇一二年五月二十三日

附件

麻栗坡县钨矿国有股份
2011年收益分配使用方案

根据《中共麻栗坡县委、麻栗坡县人民政府关于印发麻栗坡县钨矿国有股份收益管理办法的通知》（麻发〔2010〕44号）和《麻栗坡县人大常委会关于批准〈麻栗坡县钨矿国有股份收益管理办法〉的决定》（麻人发〔2010〕33号）精神，为使用好2011年钨矿国有股份收益，将股份收益投向矿区生产发展、奖教助学、弱势群体救助、基层组织建设及和谐矿区建设等，保证股份收益发挥其最大化效益。特制定如下分配使用方案。

一、2011年钨矿股份收益情况

麻栗坡国有资产经营有限责任公司持有5.1%的钨矿国有股份，2011年钨矿国有股份收益为408万元。根据《中共麻栗坡县委、麻栗坡县人民政府关于印发麻栗坡县钨矿国有股份收益管理办法的通知》（麻发〔2010〕44号）规定：

（一）20%用于奖教助学，奖教助学资金为81.6万元。其中50%（40.8万元）直接用于当年的奖教助学，全部用于矿区的奖教助学；其余50%（40.8万元）注入紫金奖教助学基金本金。

（二）15%用于支持矿区群众发展经济，支持矿区发展资金为61.2万元。

（三）5%用于矿区弱势群众救助，救助资金为20.4万元。

（四）20%用于基层组织及和谐矿区建设，基层组织建设及和谐矿区建设资金为81.6万元。

（五）40%用于支持全县经济社会发展，共计163.2万元。

二、2011年股权收益分配的原则及范围

（一）收益分配原则

1. 严格执行《中共麻栗坡县委、麻栗坡县人民政府关于印发麻栗坡县钨矿国有股份收益管理办法的通知》（麻发〔2010〕44号）文件。

2. 坚持"取之于矿，用之于民"的原则，按照收益来源与矿山的关联度，分配到主矿区使用，并侧重于主采区和主要产能区。

3. 围绕构建平安和谐矿区的目标，统筹矿区经济社会发展进行安排。

4. 向社会公开收益分配使用。

边城印象

BIAN CHENG YIN XIANG

（二）收益分配安排使用范围

麻栗坡县矿产资源开发利用应支撑和服务于麻栗坡县经济社会发展的需求，2011年股权收益安排分配重点是钨矿主产能区和主矿区，兼顾麻栗坡县境内其他地区经济社会发展和民生急需解决的首要问题。钨矿主产能区和主矿区如下：

1．天保镇7个，分别是：城子上村委会南秧田一组、南秧田二组、茅坪一组、茅坪二组、茅坪三组、田湾上寨、田湾下寨。

2．大坪镇4个，分别是：大坪村委会复兴街上村民小组、长田村民小组、南迷村民小组、新地房村委会湾子村民小组。

3．猛硐乡9个，分别是：坝子村委会上岩脚村民小组、下岩脚村民小组、中坝村民小组、岩坝村民小组、老陶坪村委会水落洞村民小组、锅尖村民小组、上曼哪村民小组、铜塔村委会下曼哪村民小组、猛硐村委会洒西村民小组。

三、收益使用安排

按照《麻栗坡县钨矿国有股份收益管理办法》规定，对各块收益的分配使用提出如下意见。

（一）奖教助学资金81.6万元

1．50%部分用于奖教助学资金计40.8万元。安排用于主矿区在校大学生、高中生的助学补助。对就读大学的在校学生，一次性给予1000元的助学补助；对就读高中的在校学生，按在校学习期间（按10个月计）每月给予100元的助学补助。天保镇、大坪镇、猛硐乡3个乡镇主矿区共有在校大学生41名，共需补助资金41000元。其中：天保镇29名，补助资金29000元；大坪镇8名，补助资金8000元；猛硐乡4名，补助资金4000元。天保镇、大坪镇、猛硐乡3个乡镇主矿区共有在校高中生101名，共需补助资金101000元。其中：天保镇86名，补助资金86000元；大坪镇9名，补助资金9000元；猛硐乡6名，补助资金6000元。安排资金6万元作为天保镇八宋、城子上助学促进会基金。安排资金20.6万元由县教育局用于全县农村中小学贫困学生进驻麻栗坡县城读书伙食和交通费补助。

2．50%（40.8万元）部分注入紫金奖教助学基金本金。按管理办法规定金额安排到紫金奖教助学基金专户。

（二）矿区生产发展资金

用于支持矿区群众发展资金共61.2万元，全部用于主矿区的农业产业发展。其中：天保镇安排补助资金40万元；用于发展咖啡种植700亩，每亩补助

300元；安排资金18万元用于咖啡生产道路建设；安排资金1万元用于补助养殖重点户。大坪镇安排补助资金3.2万元扶持主矿区产业发展。猛硐乡安排补助资金4万元扶持主矿区产业发展。安排补助资金14万元用于2010年茅坪、南秧田等村寨至城子上经济主干线建设项目收尾工作。

（三）矿区弱势群众救助资金

矿区弱势群众救助资金共20.4万元，主要用于主矿区80岁以上老龄人、孤儿、留守儿童和因灾、因病致贫家庭的救助。天保镇安排资金10万元，用于救助80岁以上老龄人61名，因灾、因病致贫家庭65户；80岁以上老龄人按人均800元的标准进行救助，剩余资金51200元，用于救助因灾、因病致贫家庭65户，救助标准由天保镇人民政府根据各家庭贫困程度确定。大坪镇安排资金5.2万元，用于救助80岁以上老龄人22名，因灾、因病致贫家庭24户，孤儿、留守儿童3名；80岁以上老龄人按人均800元的标准进行救助，剩余资金34400元，用于救助因灾、因病致贫家庭24户，孤儿、留守儿童3名，救助标准由大坪镇人民政府根据各家庭贫困程度确定。猛硐乡安排资金5.2万元，用于救助80岁以上老龄人8名，因灾、因病致贫家庭10户，孤儿、留守儿童2名；80岁以上老龄人按人均800元的标准进行救助，剩余资金45600元，用于救助因灾、因病致贫家庭10户，孤儿、留守儿童2名，救助标准由猛硐乡人民政府根据各家庭贫困程度确定。享受救助的家庭及人员由涉及的乡镇人民政府报县委、县人民政府审核同意后，并在麻栗坡政务网、麻栗坡电视台进行公示，广泛接受社会的监督。

（四）矿区基层组织建设及和谐矿区建设资金

矿区基层组织建设及和谐矿区建设资金共81.6万元，根据麻栗坡县人民政府《关于研究钨矿主产能区矿山维稳管控等有关事宜的会议纪要》（2011年第30期）明确："钨矿主产能区涉及村小组的矿山维稳管控劳务费，由紫金钨业公司垫付，待年终结算后，县人民政府承担总额的1/3、紫金钨业公司承担总额的2/3，县人民政府承担部分从当年钨矿国有股份收益中解决"，通过结算，2011年县人民政府应承担69.6万元，结余12万元。结余部分（12万元）安排由县公安局用于补助猛硐乡坝子、洒西及大坪镇草果山警务室设备配置。

（五）支持全县经济社会发展资金

40%用于支持全县经济社会发展部分共计163.2万元，安排由县住房和城乡建设局用于新建麻栗坡县城第一小学道路交通疏散通道及附属工程建设的启动资金，以缓解学校交通拥堵问题，关爱师生的交通安全。

边城印象

BIAN CHENG YIN XIANG

再见，麻栗坡

　　天保口岸是麻栗坡的一个国家级口岸，位于云南省麻栗坡县南部著名的老山脚下，与越南清水河口岸相对应，海拔107米。盘龙河穿境而过，流经越南河江省直抵海防港。

　　文山州至天保口岸的公路（平船公路）与越南的2号国道相连接，是全州、全省乃至大西南地区通往越南、东南亚的重要陆路通道。天保口岸距麻栗坡县城40公里，距州府文山市120公里，距省会昆明市490公里；距越南河江市24公里，距越南首都河内市340公里，距越南海防港410公里。在中越双方的共同努力下，两国

于1998年3月实现了由中国文山至越南河江车辆的互通，为中越双方贸易、友好往来、跨境旅游提供了较为便利的条件。

　　我们来到天保口岸，这个口岸算不上繁华，但是也不算落后，一条中越贸易街上摆满了来自国内和越南的物品，最多的是各种木制品。同行的朋友们都迫不及待地在各个商店内蹿来蹿去，挑选着自己喜欢的商品，小武同学轻车熟路地钻进一家越南人的店铺，向老板买了几大包排糖。我没吃过，问他好吃吗？这个小屁孩递上一粒给我："太好吃了，你尝尝。"平时我从来不喜欢吃糖的，听他这么一说，接过来扔嘴里，哈！的确不错，也买几包回来送人，怎么说这也是外国食品啊。

　　天气很热，33℃的高温都快把我们热晕了，飙哥大发慈悲自掏腰包，喊大家过来吃饮品，老板的冰柜里真是非常国际化啊，越南的饮料和国产的饮料共同打造着这个国际化冰柜。我要了一瓶国产的冰红茶，我这人一向运气不错，揭盖就是再来一瓶，老风大叫着奖品是我的，便将我得来的奖品夺了去，小武和飙哥两人一个要了一罐酸角汁，一个要了一罐越南的冬瓜汁，老不死要了一瓶瓶子长得很好看的东西，我也没看清是什么。飙哥喝了一口酸角汁后就跳起来骂："这哪是酸角啊，明明是甜的嘛，我最恨甜的东西了。"

小武整了一口冬瓜汁后就在飙哥面前显摆："谁让你不听我的，我的饮料多好喝啊，不信你尝尝。"

飙哥思索了一秒钟之后，接过来喝一口："果真不错。"我对他们这种变相交换口水的做法嗤之以鼻，但两个男人根本不理会我，照样你一口我一口地喝开了。

在天保口岸的免税商店里，我想买一只打火机，可却不知道该买什么的？便请教飙哥，飙哥问："你要买了送给谁？"我白他一眼："要你管。"

飙哥邪恶地笑："若是送我就不必了，我不抽烟。"老不死在一旁道："如果是送我的话，我喜欢这个。"小武凑上来："我喜欢这款。"老风道："这个好看。"

我彻底晕菜了，四五个男人，每人都说了一个不同的样子，这跟没说

有什么区别，于是我力排众议，挑了一个最简单的。"唰"一下，几个男人全闪了，因为，他们说的我都没挑。

天保口岸是我们此行最有商业气息的一个地方，地方虽不大，却是"麻雀虽小，五脏俱全"，离开的时候，每个人手里都有东西，虽然说不上是满载而归，却也是不虚此行啊。

五天的麻栗坡之行已接近尾声，明天，我们将离开麻栗坡，心里面还是怪留恋的，总觉得还有可去的地方还没去到，怎么就要回程了呢？

回昆明的路上，我和飙哥还是坐在最后一排，无事可做，无聊之际，看见车上有把救生锤，就取下来玩，东敲敲西敲敲，忽然瞥见飙哥的膝盖，就一锤子敲了下去，飙哥跳起来骂："你疯了，你干嘛敲我啊。"

我笑："我没事做啊。"

飙哥恼怒不已："你怎么不敲你自己的啊。"

我："敲我的会疼，敲你的不会啊。"

飙哥气得口吐白沫。

没膝盖可敲了，我也困意袭来，只好睡觉了，不知道什么时候把飙哥的肩膀当了枕头。可是，我一定要揭发一下，这是一个多么不合格的枕头啊，这个枕头居然任由我差点从椅子上摔下来，害得我好梦都吓醒了，等我对枕头怒目而视的时候，才发现，枕头也睡成了一只可爱的猪了。

五天的麻栗坡之行由此画上句号，麻栗坡的见闻和感动让我的行囊装得满满的，我在想：如果可能，我会再去麻栗坡。

夜色中的昆明分外妖娆，我回到了这个让我又爱又恨的城市。此刻，这个逼仄的城市，压得人都快喘不出气来，这让我分外地怀念起麻栗坡的清新来，意犹未尽的我对着麻栗坡说：再见，麻栗坡。

 该文在金碧坊网等多家网站发布。

边城印象 BIAN CHENG YIN XIANG

▶ 部分评论：

季自萍 发表于 2012-5-14 15:54:17
　　一个神秘的地方。

微博上的边城印象

宾语的廉政空间 （设置备注）
http://weibo.com/u/2290466910
安徽，合肥
博客：http://blog.sina.com.cn/binyu0498

✓已关注 ｜ 取消 　　　求关注 @他 设置分组 更多 ▼

宾语的廉政空间：4000年前的裸体画是什么样？云南省麻栗坡县一幅新石器时代的崖画，让人们被远古时期老祖先们的创造力所折服。崖画位于县城东面羊角脑山南端。岩壁高29米多，崖画距地面约3.5米。画像使用了黑、红、白三种颜色绘制画面主体部位，绘制了两个长发，全身裸体的人物。

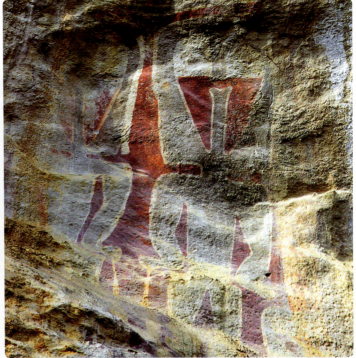

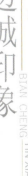

宾语的廉政空间：今天是中国人民解放军收复老山28周年纪念日。28年前的今天（1984年4月28日），中国边防部队奉中央军委命令，仅用了5个小时，就收复了被占领了5年的老山地区。闻名全国的老山地处云南省麻栗坡县东南部，主峰海拔1422米，面积约8平方公里。

▶ **部分评论：**

方澜静：//@新浪七彩云南:#全国网络名人麻栗坡行# 今天是中国人民解放军收复老山28周年纪念日，缅怀先烈。（4月28日 11:58）

宾语的廉政空间：麻栗坡县国土面积2334平方公里，其中99.9%为山区。这里矿种多样，目前，全县已探明的固体矿产有38种，具有做强做大矿业的优势。这里与越南的大小通道共108条，有较好的沿边优势。这里旅游资源丰富，具有发展边境旅游、跨国旅游、民族风情旅游的区位优势，是国防教育和旅游观光的理想地区。

边城印象

> **部分评论：**

伊娃乖乖：彭书记有本书讲的就是麻栗坡的矿业管理和发展，看了同样让人震撼，同样的边疆，同样的矿业，怎么会有那么多的不同，向麻栗坡致敬！（4月25日 16:25）

赵鹏大：3月28日我们曾赴麻栗坡南温河钨矿进行地质考查，县委彭书记全程陪同，包括一起下矿井做现场观察。（4月25日 14:44）

红色麻栗坡：麻栗坡的矿产资源、水电资源、口岸地理优势及丰富的边境旅游、跨国旅游、民族风情旅游的优势资源，极具发展潜力。（4月25日 14:44）

Sujianping-Geologist：赵校长对南温河钨矿有什么新认识？（4月25日 11:02）

宾语的廉政空间：麻栗坡县城到了！这里地处滇东南，位于云南文山壮族苗族自治州东南部。东部与越南五县一市接壤。 距越南河江市仅有64公里。居住着汉、苗、壮、瑶、彝、傣、蒙古、仡佬8个主体民族，总人口27.8万人。

宾语的廉政空间：1984年4月，老山战役在这里打响。麻栗坡烈士陵园长眠着一千多位在战役中牺牲的烈士。到此祭奠先烈，是我多年的愿望。一想到长眠于此的烈士和我差不多的年龄，就忍不住泪流满面。

严建设：发表了博文《外交部、意大利发展合作署援建的杨万学校见闻》一文中曾解读了就读、就医、养老是中国发展的三大瓶颈。无论何地，作为地方官能造福一方，把这三个问题解决了真的非常了不起。

边城印象

BIAN CHENG YIN XIANG

雾满拦江 V （设置备注）

http://weibo.com/wmlj

北京

博客：http://blog.sina.com.cn/bmm

职业作家。作品《别笑，这是大清正史》《职场动物进化手册》
《推背图》《烧饼歌》《帝国的敌人》《偷禅》等

✓已关注 | 取消　　　　求关注　@他　设置分组　更多 ▼

　　雾满拦江：国家级贫困县麻栗坡，年财政收入不足1亿。但当地出资近
3亿元，打造了堪称大学城的麻栗坡民族中学。校长称："贫困县办教育才
是出路。"据悉，该校6000多名学生，全是零门槛准入。初高中学生的学费
和住宿费，全由政府埋单。学生说："在这里学习很有幸福感……我有一个
梦想：取消三公，投资教育吧。"

▶ 部分评论:

徐珣本人: 此种教育投资的确壮观!此种教育观念的确富于远见!当年古希腊的斯巴达人,致力于城邦的年轻人的训练,大概也是此种雄才大略吧!(5月16日 19:46)

杨柳——宝宝: 这里的学生真幸福!全民向往!(5月16日 16:43)

周玄毅: 有个说法叫多建一座图书馆就少建一座监狱,把维稳经费用在教育医疗保障上,才是真正的维稳。这道理不难懂,可是当很多人吃香喝辣就是搞不懂这个道理时,你怎么指望他们懂?真是个死结。(5月16日 11:05)

红色麻栗坡: 重视教育,其实就是看重未来;整合教育资源,舍得教育、医疗投入,这是注重民生的体现;而这些,皆是民本思想的体现。幸福麻栗坡、和谐麻栗坡。我们一起努力。(5月15日 08:36)

周泽1985: 难得在中国看到一条好消息。唯一的疑问是,照片上学生的穿着不太像是国家级贫困县的。(5月14日 19:44)

7-trueface: 教育是国家之根本,孩子是未来之希望……(5月14日 15:58)

刚峰看世界 V

🟢 聊天

http://weibo.com/u/1839486264

👤 海南，海口

博客：http://blog.sina.com.cn/huuu258

一个码文字玩摄影的海边男人

➕加关注　发私信　推荐给朋友　为他引荐朋友　悄悄关注

刚峰看世界：从县城出发，车在逶迤起伏的山峦中穿行，在灰尘弥漫的山路上，一路上颠簸，路两边尽是喀斯特地形地貌，忽然，我们的车队驶进了一座小镇，镇上正逢赶集，忙在车中摇下车窗举起相机，拍下了有点热闹的具有浓郁民族特色的小镇人文风情。车过麻栗坡董干镇，我摄一段民族风情于瞬间！

 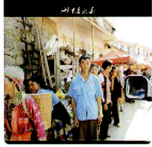 

▶ **部分评论:**

基德VS永志: 有多远走多远!我也很喜欢这样子的生活,秀美的山峰,淳朴的农民……(5月8日 09:50)

上篇

边城印象

LIBIAN CHENG YIN XIANG

刚峰看世界：但凡四十岁以上的人可能记忆中都会有点印象，发生在云南麻栗坡老山者阴山的那场中越边境冲突！当事过境迁事隔二十八年重上者阴山时，当你看到，昔日的战场变成了今日的边贸市场后，所有的感叹所有的回望都会有如站在山岭远望青山那样——起伏！

> ▶ **部分评论：**
>
> **昆明雅兰**：和刚峰老师一起缅怀英烈。（5月6日 15:24）
>
> **橙色生活时尚概念店**：记得小时候拼命给麻栗坡的解放军写信。不过我还没过四十哦。（5月5日 14:54）

刚峰看世界：帐篷小学是当年战争中因以帐篷为教室建立起来的战地学校而闻名于世，今访此校旧貌换新颜，听56名孩子唱和平歌分外高兴，即吟：硝烟一去帐篷消，战地小学分外娇 。

> ▶ **部分评论：**
>
> **翠堤老董**：有意思的是，学校现有学生56名，与我国的56个民族相吻合。我们一行中的网络名人"老不死"代表大家即兴画漫画一幅相赠，上书：帐篷小学的前世今生，明天会更好！（4月27日 22:12）
>
> **激流永俊**：曾在帐篷小学工作的现役军人校长周真国，被当地村民广为传颂，还被联合国科教文卫组织授予"消除贫困奖"。（4月27日 17:07）

刚峰看世界：麻栗坡的菜有点特色，既有滇菜的酸辣又兼有壮、苗、瑶等少数民族的土菜的鲜，因原料大都产于本县喀斯特地貌山区，故是地道的家常菜！有吃过的吗？

边城印象

BIAN CHENG YIN XIANG

▶ 部分评论:

祥云火炬:看了你们一行几天的麻栗坡行,生动、鲜活、简洁。如所有人发微博都在文首加#_____#号,就方便共享相关内容了。如#麻栗坡采风#,大家统一标签,就完美了。呵呵,一个小建议。(4月26日 20:07)

黄胜友微博 V

私信

http://weibo.com/huangshengyou

北京，西城区

博客：http://blog.sina.com.cn/hshengyou

漂在京城。酷爱文化。热爱文字。手持单反。胜友如云。便览祖国。

加关注　发私信　推荐给朋友　为他引荐朋友　悄悄关注

　　黄胜友：感受边陲麻栗坡，探秘白倮人原始文化，祭奠老山英烈，观摩中越边贸等丰富多彩的活动，都给我留下了深刻印象。各项事业蒸蒸日上，各民族边民，安居乐业。祝福麻栗坡！难忘麻栗坡！我心中永远的麻栗坡！

黄胜友：一所著名的帐篷小学建于1984年12月26日，位于麻栗坡县天保镇天保村委会芭蕉坪自然村。学校最初由当时轮战部队某部用1顶军用帐篷、1块小黑板、9个炮弹箱做课桌始创。1986年5月26日，康克清亲自为学校题写"帐篷小学"校名。一位支教的女教师由衷地欢迎我们的到来。

边城印象

> 部分评论：

doudoubo：七彩云南，红色文山，英雄麻栗坡。 （4月28日 09:30）

黄胜友：大王岩崖画位于县城东面羊角脑山南端。崖画没有人工修凿痕迹。岩壁高20多米，由黑、红、白三种颜色绘制图像24个、人物13个、牛2头、动物1只等纹饰。画面主体是两个长发，全身裸体，两脚分开，双手下垂，手腕朝外的人物。大王岩崖画于1983年经崖画专家多次调查考证，确定为距今4000余年的新石器时代崖画。

> **部分评论：**
>
> 激流永俊：欢迎!欢迎到云南看看! (5月6日 14:02)
>
> 中岛：云南省是个好地方，非常喜欢那里的自然景观和独特的民族文化。(4月27日 15:41)
>
> 银山智人：难得国宝。(4月27日 09:50)
>
> 黄胜友：文化内涵，源远流长的边陲小镇麻栗坡，这幅崖画把麻栗坡的历史推到4000多年前。(4月26日 23:19)

翠堤老董 V （设置备注）

私信

http://weibo.com/u/1231171255

云南，昆明

博客：http://blog.sina.com.cn/yndby

一个生活在昆明市翠湖边喜爱写作拥有博客也有了微博的人

⇌互相关注 | 取消　　发私信 | @他 | 设置分组 | 更多 ▼

翠堤老董：当我再一次来到麻栗坡边境的时候，新树立的界碑格外醒目，而最惬意的就是抚摸界碑，听它倾诉衷肠。

翠堤老董：1984年4月28日，我从麻栗坡县城到达老山脚下的猫耳洞里，执行采访任务，耳闻目睹了战斗的全过程。28年后的今天，我又站在了老山主峰，看云来雾去，听战地歌声，想当年往事，思历史变迁。感叹：老山屹立，丰碑难摧，精神不朽，战士永恒！

▶ 部分评论：

国防战士段金华：青春血洒南疆土，位卑未敢忘忧国。（4月28日 07:40）

祥云火炬：站在老山主峰，看云来雾去，听战地歌声，想当年往事，思历史变迁。

感叹：老山屹立，丰碑难摧，精神不朽，战士永恒！（4月28日 07:17）

翠堤老董：参观新建的人民医院和民族中学，对一个贫困县有如此大手笔而感动。教育和医疗是民生大事。这个县有远见！

昆明雅兰 (设置备注)
http://weibo.com/u/2673695581
云南，昆明
博客：http://blog.clzg.cn/?162
一支幽兰，在红尘俗世静静的绽放……

✓已关注 ｜ 取消　　　　求关注　@她　设置分组　更多 ▼

　　昆明雅兰：下午4点多到达麻栗坡，33℃的温度，真是太"热情"了，参观了县医院，感触良多。当年这里是战场，战争遗留下来的爆炸物还时常将当地百姓炸伤，县医院免费为这些百姓治疗、安装义肢，虽然那场战争已经结束，但是伤害依然存在。

边城印象

BIAN CHENG YIN XIANG

杂师 V （设置备注）

私信

http://weibo.com/lczlbs

云南，昆明

博客：http://blog.sina.com.cn/lichuanzhi1965

我玩故我在，玩输我不赖

互相关注 | 取消　　　发私信　@他　设置分组　更多 ▼

　　杂师：麻栗坡是个山谷县城，说句实话，这个县城可以不用竖一个红绿灯，因为沿江而建，几乎没有交叉路口。地价超高，县城里原来的两所中学，一所建在滑坡上，另外一所根本没有运动场地，在楼顶上上体育课，这怕也是全国仅有的！现在县里想方设法投资近3亿，平山填沟建了个可以容纳万人的中学！

部分评论：

祥云火炬：看了你们一行几天的麻栗坡行。生动、鲜活、简洁。(4月26日 20:16)

　　杂师：主要由县里想办法集资建盖的麻栗坡县医院虽然不大，仅有300多张病床，但已经解决了"新农合"政策实施后县里百姓的就医问题。由于那场战争的原因，麻栗坡县每年都有不少误触地雷等战争遗留物的群众，这所医院同时还要兼顾这类残障人士的医疗保健工作。

边城印象

BIAN CHENG YIN XIANG

赵鹏大 V

http://weibo.com/u/1893790805

北京

探矿人，教书匠

+ 加关注　　发私信　推荐给朋友　为他引荐朋友　悄悄关注

赵鹏大：一个只有27万人口的边境小县，在可用土地十分稀缺的条件下，预留2000余亩土地，现已征用600余亩建了一座设计先进、装备完善、宽敞明亮、环境优美的现代化中学，现有在校师生近6000人，家庭困难学生全部免费住校，学生生动活泼、彬彬有礼，各班有自己的班风，学生自己把校园打扫得干干净净。

部分评论：

激流永俊：最好的土地给了教育，最美的花园给了学校!（4月1日16:19）

穿迷彩的灰太狼：我就是担心乱花钱搞面子工程。对学生有好处当然支持。希望教育资源和校园环境一样优越。（4月5日 17:05）

边城1003880302：现在县里的中学，好的老师调走了，中考成绩好的学生到城市读书了。县这一级大多数是成绩一般的，教育面对多数人才有意义。（4月5日 11:33）

边城1003880302：这个学校去年高考上线率是99.1%。当然，不瞒你说，农村的孩子大多是考取大专的多，没有多少重点的。（4月5日 10:32）

边城1003880302：回复@穿迷彩的灰太狼:不是一个学校。因为，为了节省把城区四个学校和全县的高中都办在这，学校只是风景好、规划理念好。学校面积500多亩，控制面积1000多亩实际上就是旁边的天然林不让砍伐保护起来而已，建议你到实地看看。（4月5日 10:26）

CUG-王振伟：希望不久能听到这个学校有多少学生考取大学的好消息。（4月4日 20:04）

CUG-YSW：学校修的好比政府衙门修的豪华气派要好得多，但是呢，也要考虑需求的因素。（4月4日 15:18）

EZ_3：一边鄙夷这样的"面子工程"，然后一边仰视美帝的校车？羡慕名校的图书馆？//@穿迷彩的灰太狼:我依旧鄙夷他们的做法，太低俗了。不懂得发展的正道。学校不应该成为面子工程。（4月4日 14:52）

不惑的羊：老校长一语中的：教育光有钱，有地不行，要有爱，有心才行!（4月4日 10:18）

穿迷彩的灰太狼：希望学校能把投在硬件上的精力同样也投在软件上。（4月4日 10:09）

赵鹏大：回复@穿迷彩的灰太狼:那地，很多是填沟垫起来的，有的地方甚至垫了35米，那钱，是四处化缘化来的。而且这所中学设计独特精美，利用地形，错落有致，有图书馆，有体育馆，有小桥流水，有花园凉亭，是一些大学所不具备的，光有钱，有地不行，要有爱，有心才行，我在那里看到孩子们有这样好的学习环境真感高兴!（4月4日 10:02）

赵鹏大：地大科研组在这所校园里植下了一棵榕树。我也代表研究组给学校留言：铸造固边强国的思想堡垒，培养富边兴国的优秀人才。

> ▶ **部分评论：**
>
> 木石harold：赵校长又为地大留下了一道人文风景。（3月30日 22:25）
>
> 激流永俊：这是中科院赵院士对下一代的关爱！种植的是知识和希望！（4月27日 10:43）

多彩边陲

淳朴的民风；

多彩多姿的民俗文化；

常态镜头下并不富裕的村寨；

经济社会发展中的一些缩影；

清晨的炊烟升起，阳光照在两国的村寨。

宾语的廉政空间
http://blog.gmw.cn/269464 [收藏] [复制] [分享] [RSS]
德不优者，不能怀远。才不赡者，不能博见。

空间首页　动态　　　日志　相册　主题　分享　好友　留言板　个人资料

日志

实拍古老而神秘的云南白倮人村寨荞菜节

热度 2 已有 444 次阅读 2012-4-26 06:17 | 个人分类:实拍 | 系统分类:生活

宾语

加为好友　给我留言
打个招呼　发送消息

　　2012年4月25日，应新浪网云南频道的邀请，在麻栗坡参加"感受边陲——网络名博麻栗坡体验笔会"采风活动的名博主们，赶上了麻栗坡县董干镇新寨村城寨自然村神秘的荞菜节祭祀仪式。

这是个地处崇山峻岭深处不为外界人所熟悉的村寨。城寨位于麻栗坡东部，距县城一百多公里。

镇干部向我们介绍，城寨村共有94户，411人，全部属于彝族白倮人。城寨的历史悠久，但寨中已没人能说清这个寨子建于何年何月。老人们说，白倮人没有文字，故城寨的白倮人是何时迁徙而来，已无法考证，只知道他们的祖先来自新疆南部的昆仑山区，因遭灾害袭击，艰难辗转逃到此地时，四周皆为原始森林，无人居住。由此推断，白倮人可能是最早迁徙至此的居民。

现在，在城寨四周依旧是古老的原始森林，寨头有长满青苔的古寨门。

中篇

多彩边陲

DUO CAI BIAN CHUI

　　城寨的白倮人有着独特的生活习惯。做饭不用正规的灶，而是用三个石头支锅而成。逢年过节都要吃染色的糯米饭，而染的颜色根据节日的不同而有所改变，如过大年用花色和蓝色，过荞菜节用黄色。有客人到家时，女人不与男人同桌吃饭。白倮人至今仍不与除白倮人

之外的其他人通婚，他们的婚恋范围被限定在白倮人之间。即使是走出城寨成为国家工作人员的白倮人，也只能与白倮人通婚，与除白倮人之外的其他人结婚的极少极少。

荞菜节是白倮人独有的也是最为隆重的节日（每年农历四月的第一个龙日），祈求来年风调雨顺，有个好收成。城寨至今还隆重地过着古老的荞菜节，其次是六郎节。根据一些民族学家的推测，城寨可能是当今世界上最为古老的白倮人村寨。

目前，全世界的白倮人不过几千人。

> 该博文在人民网、光明网、网易网、腾讯网等多家网站发布。其中，腾讯网博客首页推荐。

部分评论：

一池莲开　评论时间：2012-04-26 08:34:05
　　有趣的地方。

黄金三剑客　评论时间：2012-04-26 08:53:16
　　他们靠什么来获得收入？

此情淡然若画　评论时间：2012-04-26 21:37:36
　　太感动人心了，祖国有这样的村寨。

缘来缘就是你　评论时间：2012-04-26 22:40:33
　　怎么那么像PS过的，大白天的居然没有人影子。

四月夕阳　评论时间：2012-04-26 23:35:21
　　呵呵……好有特色的民族服饰，真美！

天眼摄郎　评论时间：2012-04-27 02:23:24
　　非常珍贵的记录，哥们介绍得很详细，长知识啊。

琼　评论时间：2012-04-28 20:27:37
　　好！

忘忧草　评论时间：2012-05-08 17:02:31
　　安详、和平，真不容易。

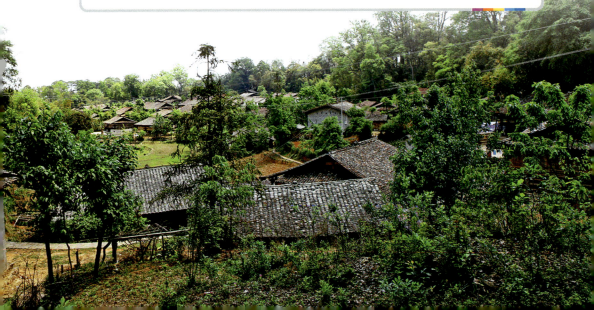

探秘 云南白倮人神秘的荞菜节习俗

云南麻栗坡县董干镇新寨村委会，有个少数民族聚居的村寨，此寨民风民俗古朴风趣，虽不为外界人所熟悉，却被文山州政府纳入重点文物保护单位，这个村名叫城寨。

城寨共有94户，411人，全部为白倮人。城寨的历史有多悠久，寨中已没人能说得清楚了，至于这个寨子建于何年何月？寨里的老人们也只是听说他们的祖先来自新疆南部的昆仑山区，因遭灾害袭击，艰难辗转逃到此地，因白倮人没有文字，故城寨的白倮人是何时迁徙而来，已无法考证了，只知道迁徙至此时四周皆为原始森林，无人居住，只有寨头有一个长满青苔的古寨门，似乎在印证着远古的记忆……

至今，城寨的白倮人依然保存着先祖们留下来的许多独特的风俗习惯。比如做饭不用正规的灶，而是用三个石头支锅而成。逢年过节都要吃染色的糯米饭，而染的颜色根据节日的不同而有所改变，比如过大年用花色和蓝色，过荞菜节用黄色。有客人到家时，女人不与男人同桌吃饭。当然这些风俗跟云南或全国其他少数民族多少有些相似，不过有一个婚俗却

是这个寨子的传统与独特，那就是寨子里的白倮人至今仍不得与除白倮人之外的其他人通婚！

祖先们的这个族规，或许有保留族种的理由。至今寨子里的白倮人们的婚恋范围被限定在白倮人之间，即使走出城寨成为国家工作人员的白倮人，也只能与白倮人通婚，与除白倮人之外的其他人结婚的极少极少，其他民族的人也不敢跟他们通婚。白倮人的婚礼极其简单，不送彩礼，也不请客吃饭，女方与男方结婚后，女方住在娘家，直到女方怀孕后才到男方家定居，当地称做"坐家"。白倮人离婚也非常简单，男女双方把各自的老人请到一棵

大树下，杀一只鸡，用鸡血涂在双方的手上，即宣布婚姻终止。两家人把鸡吃完，就算正式离婚。白倮人的婚恋范围相当窄，故人口出生率也低，许多为近亲结婚，影响了人口素质。虽然他们也意识到这种婚姻的危害，但到现在仍然很少和外人通婚。

白倮人的民族文化也非常

独特，如每年要过的荞菜节，跟农耕文化有关。荞菜节是白倮人独有的也是最为隆重的节日（每年农历四月的第一个龙日）。城寨至今还隆重地过着古老的荞菜节，其次还有一个是六郎节，据说是纪念北宋时的杨六郎。跳舞唱歌是他们的强项，比如过节时要跳"荞菜舞"，新房修好要跳"进新房舞"，平时玩耍就跳"月亮舞"、"竹竿舞"，老人去世跳"铜鼓舞"、"三胡舞"，犁地时唱"牛歌"，喝酒时唱"酒歌"，栽秧时唱"栽秧歌"等等。

其中别具特色的要数白倮人的铜鼓舞。这个铜鼓据我的观察与三千多年前的百越族有关，与目前许多少数民族地区包括海南出土的铜鼓都有相似之处。白倮人的铜鼓舞据说起源于白倮人的葬礼，白倮人的葬礼不披麻戴孝，

多彩边陲

谁家老人去世，全寨就响起古老的铜鼓声，唱着古老的安魂曲，跳铜鼓舞祭祀死者的亡灵。最古老的有两对铜鼓，每对都分"一公一母"，公小母大，公鼓高45厘米，直径50厘米，重约40公斤，响音宏亮。母鼓高45厘米，直径57厘米，重约60公斤，响音大而低沉。鼓面中间有个太阳星，光芒四射，鼓身分为腰、胸、脚三节。鼓形是顶大于胸，在胸、腰间各有四只耳环供抬用，鼓身上的花纹组成波纹圈状，鼓身中空无底。铜鼓舞表现了白倮人的生产、生活习俗，有较高的艺术性，呈现着古老民族舞蹈的风格。

应该说目前的城寨可能是当今世界上最为古老的白倮人村寨。除了他们的生活习俗外，古老的文化还表现在独特的服饰上。城寨白倮人的服饰也非常的古老，且多姿多彩，这主要体现在妇女的服饰上。白倮人的服装都出自自家妇女之手，她们自己纺线、织布、点花、蜡染、绣花，然后制作成衣，工艺十分精细，因此制成一套衣服基本上要花上一年的时间。城寨的姑娘从小就跟随母亲学织布、染布、绣花、做衣服。谁家女儿或媳妇做的衣服最漂亮就会受到人们的高度评价。平时姑娘和妇女们都要穿上亲手制作的新衣服让人们评头论足一番。过去，白倮人洗一次衣服就要到水井边杀鸡叫一次魂，认为洗衣服是把魂洗掉了，要把魂喊回来才能长寿。

白倮人的住房也是别具一格的干栏式建筑，在云南、贵州、广西一带的高山深林中，这类房是古老文化的缩影，凝结着民族对自然理解的智慧。比如，城寨白倮人的住房全部是干栏式建筑，整座房屋除屋顶用瓦片外，其余

全部用木料，这里茂盛的树木为白倮人建盖房屋带来优越的条件。整座房屋用56根或66根圆木支撑，修建过程中只用斧子，无须用锯子、凿子、锛、推刨等工具，他们用斧子劈出各种挂口、方木、圆木、木板，然后环环相扣而成，还劈出花廊走道，工艺精美。其住房分上下两层，上层供家人居住，且用木板隔成数间，进门一间最大，中间置一火塘，作为客厅；下层关牲畜。白倮人的粮食一般不堆在木楼内，而是有个专门的小粮仓。

目前，麻栗坡县政府投资近二百万元资金对寨子进行了维修，在尊重城寨白倮人古朴的生活方式和习俗的前提下帮助他们安装了电视与电话等现代通讯工具，也修建了水泥村道。在这个偏远的村庄，你除了看到掩映在绿树丛中的干栏式住房外，还可以发现锅式天线。明天，我们几个博主应邀在麻栗坡县委书记彭辉的带领下，行走一百多公里山路进村参加白倮人一年一度的荞菜节活动，到时可以耳闻目睹白倮人的古老风俗习惯。

◀ 该博文在腾讯网等多家网站发布。

▶ 部分评论：

良良妈　评论时间: 2012-04-27 05:40:09
　　学习了！

红绣纤纤　评论时间: 2012-04-27 07:17:54
　　虽然在云南，但还不知道有这样的人哦？

目标　评论时间: 2012-04-27 08:08:50
　　一个可以开发的风景线。

竹影　评论时间: 2012-04-28 17:40:01
　　这个婚俗习惯太落后，也愚昧。如此有发展前途的村寨，这样通婚只会使村寨走向衰落。

一辈子一班车　评论时间: 2012-04-28 23:01:53
　　非常高兴遇到这么好的文章，谢谢！

水银纱　评论时间: 2012-05-06 15:39:46
　　那两个小女孩真可爱！

多彩边陲

DUO CAI BIAN CHUI

日志　　　　　　　　　　　　　　　　　　　　　　返回日志列表

云南麻栗坡城寨里白倮人的孩子们

云南麻栗坡城寨白倮人是目前中国还保存着比较古老民风民俗的少数民族之一，此寨依然沿袭先祖的习俗，即白倮人不得跟除白倮人之外的人通婚。

无论是基于什么理由，我想外人特别是现代人，千万莫用现代遗传科学的理论来遑论人家的古老习俗的优劣。种族的繁衍总有它的规律性，还是让我用当时

在寨中举办荞菜节时现场拍的孩子们的一组照片，让大家看看这个寨子里纯白倮人后代们的淳朴童贞的风采吧！

多彩边陲

该博文在凤凰网、腾讯网发布。截至2012年5月22日，各大网站总浏览量近8万，总评论量为16。

▶ 部分评论：

zjol–刘卓文　评论时间: 2012–05–07 23:05:05
　　沙发，好久没来了 。主人你的到来很重要！

下一站幸福　评论时间: 2012–05–07 23:43:46
　　希望能看到您更多好的作品，期待中……

皮德贵　评论时间: 2012–05–08 12:58:33
　　纯真可爱总是写在孩子们的脸上。

个人门户　博客　相册　个人资料

查看文章

探秘云南彝族白倮人神秘村寨原生态民俗

(黄胜友图/文)

类别：文化遗产 | 浏览(1054) | 评论(2) 2012-05-03 22:54

从云南麻栗坡县城出发，越野车沿着修建在半山腰蜿蜒崎岖的云南特有的"弹石公路"，一直向大山深处行驶。我们的目的地是麻栗坡县董干镇，一个鲜为人知，聚居着白倮人的村寨——城寨。我们去参加白倮人最热闹的节日，一年一度的"荞菜节"。城寨距离县城一百多公里，险峻崎岖的山路，时而云端、时而沟涧，越野车行驶了4个多小时后，开进了半山腰深处的一个村寨。

据介绍，民风民俗古

朴风趣的城寨，全村共有94户，411人，全部为白倮人。麻栗坡县地方政府十分重视城寨民族村寨的保护和开发工作，2008年，虽然麻栗坡县委、县政府投资135万元，各部门配套资金35万元，城寨村民投工投劳建设成了民族生态示范村，但是由于历史条件、自然条件及交通不便等因素的制约，这个民族村寨经济发展依旧滞后，这里的少数民族群众生活十分困难，至今还保存着原始而古朴的生活方式及习俗。城寨没有受到外来文化的冲击，倒成为这里的一笔宝贵的非物质文化财富，这里所体现的民俗民风，都是原生态、原汁原味的文化，这是云南其他地方少有的少数民族的民俗

资源。根据一些民族学家的推测，城寨可能是当今世界上最为古老的白倮人村寨。

城寨居民全部属于彝族白倮人。城寨的历史悠久，但寨中已没人能说清这个寨子建于何年何月。老人们说，白倮人没有文字，故城寨的白倮人是何时迁徙而来，已无法考证，只知道他们的祖先来自新疆南部的昆

仑山区，因遭灾害袭击，艰难辗转逃到此地时，这里四周皆为原始森林，无人居住。由此推断，白倮人可能是最早迁徙至此的居民。我们一进入城寨，就看到城寨处在古老的原始森林的怀抱里，山寨村口，都是直上云霄的当地人叫椰树（学名叫榉树）的数百年的参天古树。我们沿着长满青苔的山石板路，穿过一个神秘的古寨门，经过原始森林里的小路，走进了这个大山深处神秘的村寨。

< 该博文在中国网等多家网站发布。

多彩边陲

▶ 小故事：

　　黄胜友博主喜欢自由自在，这次到城寨，走着走着队伍就散了，他好像是第一个"失踪"的。

　　到民间艺人家吃饭时，好不容易等来了多数人，就是不见黄博主和宾语博主。我们刚端起饭碗，黄博主就兴冲冲地冲上木楼来，看样子已经半醉。原来他脱离大队人马，独自走村串户，到了一个农户家，见主人吃饭，招呼一声就不客气地坐下去吃，好客的主人还邀他喝了两碗土酒。他还说："老乡住的房子一般，但吃的不错，还有一碗肉和炒猪肝呢！就是酒的劲大了点！"

　　其实，他不知道今天有祭祀活动，特别的日子做了两个肉吃，还被两个冒失鬼打了秋风。

　　如果老乡的常态生活都这样，那倒是省心了，扶贫的任务就不会这样重了！

边城 补记

▶ 部分评论：

不能承受　评论时间: 2012-05-04 11:25:34
　　远离世俗的生活。

⑩+球　评论时间: 2012-05-04 14:53:38
　　还以为是远离世俗的生活，和贫困人家有啥分别！

紫金香雨　评论时间: 2012-05-04 15:05:59
　　保护生态自然，用和谐创建美好家园！

歌者垂柳　评论时间: 2012-05-04 19:11:51
　　还不错，值得一览。

1个人dě世界　评论时间: 2012-05-05 08:37:11
　　不知道摄影师到底要照什么、要体现
什么？

犀牛　评论时间: 2012-05-05 10:07:10
　　嗯！远离喧嚣的世界，像清醇的美
酒，太向往了……

日光海岸　评论时间: 2012-05-05
13:02:32
　　这里的人民生活还是很贫困，希望
他们早日改变生活状况。

七彩云南麻栗坡的可爱小美女

【严建设云南游156】☑ (2012-04-27 00:32:51) ✚ 转载 ▼

标签: 麻栗坡采风 七彩云南游 长枪短炮 严建设 七彩云南 昆明 校园 美女 旅游   分类: 【原创】严建设拍美女与模特

　　小女孩一身精致的民族服饰，胸前叮叮当当挂着纯银饰品，孤独地斜倚着一株大榕树，始终不说话，生得眉清目秀，非常可爱，我弯下腰摸着她的头，笑眯眯地反复询问其芳名，她咬紧牙，最后吐吐舌头抿嘴一笑，只说出张明仙仨字，显得很羞涩的样子。我想，自己须发已白，不至于属大灰狼之类。

　　我是应邀旅滇，与几名著名网友和记者们参加麻栗坡采风活动，在城寨村口的参天的榉木树下，等待观看

当地白傈人过荞菜节暨祈雨仪式。

与很多可爱女孩一样，我发现沉默与吐舌头是她的长项。她的美丽招来了一些"长枪短炮"的狂轰滥炸，我们的著名博主们、文山州的摄影师们、还包括一位来自布鲁塞尔66岁的欧洲摄影发烧友。我就安了支70-200的小钢炮，调大光圈，独自躲在远处的树后面，在人丛的缝隙中伺机偷拍。这时来了位皮肤黢黑的帅哥，猜测可能是她父亲或舅舅，伸手搂住她，接着燃着纸烟抽。最后抱她上了摩托车，突突突一道烟走得不知去向。

 该博文在人民网、华商论坛网、新浪网等多家网站发布。

多彩边陲

DUO CAI BIAN CHUI

 部分评论：

好爽　2012-04-27 08:29:25
　　可爱的小姑娘，好！

鸟语涧nyj　2012-04-27 09:01:57
　　希望这位可爱的小女孩受到良好的教育。

刘培宇　2012-04-27 20:44:11
　　拍得真好，学习了，欣赏佳作，问候朋友。

实拍：你从未见到过的白倮人村寨纯真少女

位于云南省文山州麻栗坡县城东部一百多公里处的大山里，有一个民风民俗古朴，不为外界人所熟悉的村寨，这便是城寨。

城寨隶属于麻栗坡县董干镇新寨村委会，共有94户，411人，全部属于彝族白倮人。

城寨是当今世界上最为古老的白倮人村寨。寨头有长满青苔的古寨门，寨子四周皆为原始森林，无人居住。

城寨白倮人的服饰非
常的古老，且多姿多彩，
这主要体现在妇女的服饰
上。白倮人的服装都出自
自家妇女之手，她们自己
纺线、织布、点花、蜡
染、绣花，然后制作成
衣，工艺十分精细，因此
制成一套衣服基本上要花
上一年的时间。

城寨的姑娘从小就跟
随母亲学织布、染布、绣
花、做衣服。谁家女儿或
媳妇做的衣服最漂亮就会
受到人们的高度评价。平

时姑娘和妇女们都要穿上亲手制作的新衣服让人们评头论足一番。

由于全世界的白倮人不过几千人，外界很少能了解到他们的生活。

近日，宾语与参加"感受边陲——网络名博麻栗坡体验笔会"采风活
动的名博主们一起，走进了这个神秘的村寨，也见到了许多纯真可爱的白
倮人村寨的女孩。

城寨的白倮人至今仍不与除白倮人之外的其他人通婚。他们的婚恋范围
被限定在白倮人之间。即使是走出城寨成为国家工作人员的白倮人，也只能
与白倮人通婚，与除白倮人之外的其他人结婚的极少极少。以前白倮人的婚

多彩边陲

DUO CAI BIAN CHUI

姻由父母包办，现在虽然可以自由恋爱，但依旧被白倮人之间的婚姻小圈子所禁锢。

白倮人的婚礼极其简单，不送彩礼，也不请客吃饭，女方与男方结婚后，女方住在娘家，直到女方怀孕后才到男方家定居，当地称做"坐家"。

白倮人离婚也非常简单，男女双方把各自的老人请到一棵大树下，杀一只鸡，用鸡血涂在双方的手上，即宣布婚姻终止。两家人把鸡吃完，就算正式离婚。

白倮人的婚恋范围相当窄，故人口出生率也低，许多为近亲结婚，影响了人口素质。

虽然他们也意识到这种婚姻的危害，但到现在仍然不与除白倮人之外的其他人通婚。

▶ 部分评论：

Blue rose　评论时间：2012-04-30 09:22:28
　　很有特色！

殇止，流年　评论时间：2012-04-30 09:34:49
　　好想去一趟！

cleo　评论时间：2012-04-30 10:26:24
　　纯朴，纯真的部落少女。

小贝加宋思明　评论时间：2012-05-01 22:58:27
　　基因太近，美女难产！

清哥　评论时间：2012-05-03 13:08:57
　　大山深处的白倮人村寨，这些能歌善舞的小女孩是多么的天真可爱。

江南一大怪　评论时间：2012-05-03 18:21:48
　　纯真的小美女活泼可爱。

草包　评论时间：2012-05-03 21:16:05
　　难得的用心！

e路骑士　评论时间: 2012-05-04 08:11:01

　　可怜这么偏僻的地方，孩子的脖子上也被套上了红**悲哀！

青春、正绽放　评论时间: 2012-05-04 09:35:23

　　美好的纯真！

钱途摸路　评论时间: 2012-05-04 19:57:24

　　你从未见到过的白倮人村寨的纯真少女（麻栗坡）。

东凯模型公司　评论时间: 2012-05-05 15:35:29

　　这才是人生活的地方。

诗綃ジ☆E哥　评论时间: 2012-05-05 17:18:48

　　可以想象出她们清苦的生活。

金兰　评论时间: 2012-05-06 10:16:13

　　不要再强化不与外人通婚这一点了，倒是要大力打击包办婚姻和干涉婚姻自由的家长，想想王二黑结婚的故事吧。

碎花~~圆点　评论时间: 2012-05-07 08:18:22

　　去了云南一趟，也强烈地感觉到那里的美女很多，纯天然的美！

金碧坊 | 论坛 | 积分商城 | 家园 | 潘乐场 | 排行榜 | 天气 | 兴趣小组　快捷导航

金碧杂谈　坊间活动　驴友驿站　摄友江湖　青芜校园　文学原创　温暖云南　谈房论市
民声民情　创业家园　驴游天下　天下糗图　毕业联盟　情感私语　网上问法　楼盘情报
杂谈坊 新闻评论　淘金坊 谈股论基　驴友坊 骑行联盟　色影坊 文娱八卦　校园坊 云南大学　生活坊 吃在云南　爱心坊 二手闲置　地产坊 业主论坛

请输入搜索内容 　本版 · 昆明 昭通 曲靖 玉溪 保山 楚雄 红河 文山 普洱 西双版纳 大理 德宏 丽江 怒江 迪庆 临沧

⌂ 〉论坛 〉生活坊 〉文学原创 〉2012：雅兰探访边陲麻栗坡

👤 发表于 2012-5-4 20:22:04 │ 显示全部楼层　　　　　　　　　　　　13#

神秘的白倮人村寨

　　麻栗坡县董干镇新寨村有个神秘的村寨叫城寨，这里聚居的是彝族白倮人。城寨位于麻栗坡东部，距县城一百多公里，距镇政府所在地40公里，分别与广南、富宁两县接壤。在城寨四周是古老的原始森林，寨头有长满青苔的古寨门。踏入城寨，首先映入眼帘的就是很多高大的榉木，这可是珍稀濒危植物啊，城寨的榉木有上千棵，白倮人有个习惯，每一个出

生的孩子，都要找一棵树来做干爹，然后把胎盘挂在树上，从此守候着这棵树，让孩子和树一起成长，也不容许有任何人来砍伐，砍树就意味着砍孩子的干爹，也正是因为这样独特的习俗，才有了这郁郁葱葱的森林。寨门口有一个巨大的图案，这个图案是白倮人世代相传的一

143

中篇

多彩边陲

DUO CAI BIAN CHUI

个铜鼓上的图案，中间一颗太阳星，光芒四射。

我们顺着山道进入白倮人的寨子，路上，我的腿不知道被什么植物给咬了一口，没有任何伤口，也不红肿却奇痛，想来或许是植物都有灵性，守护着这个神秘的村寨不被人打扰。

城寨白倮人的住房全部是干栏式建筑，整座房屋除屋顶用瓦片外，其余全部用木料，这里茂盛的树木为白倮人建盖房屋带来优越的条件。整座房屋用56根或66根圆木支撑，修建过程中只用斧子，无须用锯子、凿子、锛、推刨等工具，他们用斧子劈出各种挂口、方木、圆木、木板，然后环环相扣而成，还劈出花廊走道，工艺精美。其住房分上下两层，上层供家人居住，且用木板隔成数间，进门一间最大，中间置一火塘，作为客厅；下层关牲畜。白倮人的粮食一般不堆在木楼内，而是放在屋外的小粮仓中。小粮仓是单独的一个小木屋，每家门前都有，且不上锁，这里还有那种"夜不闭户，路不拾遗"的民风存在，哪里像城市里，门上就是再多加几把锁也防不住小偷啊。

我们发现，在白倮人的干栏式建筑上有一个比窗户大，比门小的似门又似窗的出口。这个出口到底有什么功效呢？飘哥说："那明明就是一道门嘛，用来骂狗的。"我笑："飘哥，你没事就出来站在那里骂狗啊。"飘哥拿眼瞪我："你有本

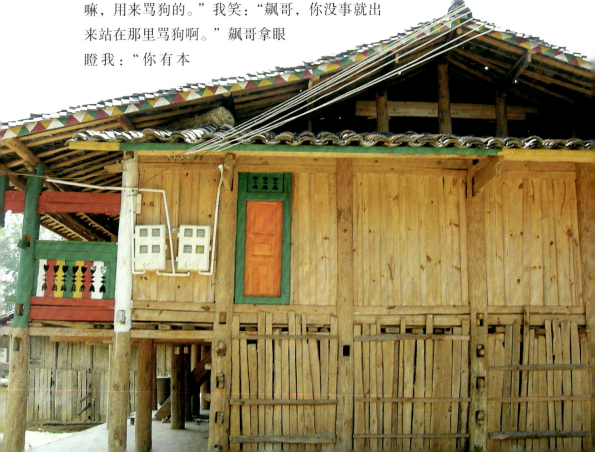

事，那你告诉我啊。"其实我也不知道，我故意轻蔑地笑："你这种智商，当然不知道啦，你叫我声姐，我就告诉你。"飙哥发飙了："你不占我便宜你会死啊。"

我答："不会死，只会半死。"

"哐"，飙哥气得晕倒。

正当我和飙哥吵得不可开交的时候，当地同行的一帅哥飘过来："那个叫爱情的窗户，是白倮人男女幽会的地方，女子在屋内听到男人在屋外喊话，就会把这个独特的小门打开，男子就顺着杆栏上的木桩爬上去和自己心爱的女子幽会。"哈，这是我见过的最浪漫的地方，这道爱情的小窗让我浮想联翩，傻傻地站着没动，后面的飙哥骂："瞧你那花痴样。"我立刻恼羞成怒，这个男人自己找抽，我顺手捡了一块石头就砸过去，飙哥抱头鼠窜，早跑得没人影了。

城寨的白倮人有着独特的生活习惯。做饭不用正规的灶，而是用三个石头支锅而成。逢年过节都要吃染色的糯米饭，染的颜色根据节日的不同而有所改变，如过大年用花色和蓝色，过荞菜节用黄色。有客人到家时，女人不与男人同桌吃饭。白倮人至今仍不与除白倮人之外的其他人通婚，他们的婚恋范围被限定在白倮人之间。白倮人的婚礼极其简单，不送彩礼，也不请客吃饭，女方与男方结婚后，女方住在娘家，直到女方怀孕后才到男方家定居，当地称做"坐家"。白倮人离婚也非常简单，男女双方把各自的老人请到一棵大树下，杀一只鸡，用鸡血涂在双方的手上，即宣布婚姻终止。两家人把鸡吃完，就算正式离婚。听到这儿我就笑了，若是汉族也能这么离婚的话，估计市场上的鸡的价格不知道要飙升到多少？

我们到的这天，正好赶上白倮人过荞菜节。荞菜节是白倮人独有的也是最为隆重的节日（每年农历四月的第一个龙日），他们过荞菜节要跳"荞菜舞"，新房修好要跳"进新房舞"，平时玩耍就跳"月亮舞"、"竹竿舞"，老人去世跳"铜鼓舞"、"三胡舞"，犁地时唱"牛歌"，喝酒时唱"酒歌"，栽秧时唱"栽秧歌"等等。其中别具特色的要数白倮人的铜鼓舞，起源于白倮人的葬礼。白倮人的葬礼不披麻戴孝，谁家老人去世，全寨就响起古老的铜鼓声，唱着古老的安魂曲，跳铜鼓舞祭祀死者的亡灵。古老的铜鼓分"一公一母"，公小母大，公鼓高45厘米，直径50厘米，重约40公斤，响音宏亮。母鼓高45厘米，直径57厘米，重约60公斤，响音大而低沉。鼓面中间有个太阳星，光芒四射，鼓身分为腰、胸、脚三节。鼓形是顶大于胸，在胸、腰间各有四只耳环供抬用，鼓身上的花纹组

成波纹圈状，鼓身中空无底。

几个白倮人汉子将铜鼓抬了上来挂好，我对这对能分公母的铜鼓产生了浓厚的兴趣，就上前去想一探究竟，当地接待我们的一个小伙子立刻跑上来对我说："雅兰，你只能看不能动手摸啊。"我好奇怪："为什么？"小伙子说是白倮人的习俗，女人只能看不能摸，呵呵，看来，这男尊女卑在这个原始的白倮人村寨里还依旧保存着。

白倮人的服装都出自自家妇女之手，她们自己纺线、织布、点花、蜡染、绣花，然后制作成衣，工艺十分精细，因此制成一套衣服基本上要花上一年的时间。城寨的姑娘从小就跟随母亲学织布、染布、绣花、做衣服。谁家女儿或媳妇做的衣服最漂亮就会受到人们的高度评价。未婚女子的头巾上点缀着许多银饰，已婚妇女的却是一块无任何饰物的黑色头巾，害得同行的李悦春老师直呼不平，为什么那么漂亮的头饰只能给小姑娘戴。

> 该博文在金碧坊网等多家网站发布。

多彩边陲
DUO CAI BIAN CHUI

▶ 部分评论：

金碧坊友 发表于 2012-5-5 10:04:31
　约会需要爬窗子？好呀！

佚名 发表于 2012-5-5 11:09:28
　太远了……边疆的孩子伤不起啊……去祖国任何地方都足够远……出国倒是方便……

严建设 原创照片 旅游

http://blog.sina.com.cn/aa8807 [订阅] [手机订阅]

首页 | 博文目录 | 图片 | 关于我

正文   字体大小：大 中 小

白倮人的荞菜节祭龙祈雨拍摄

【严建设云南游161】 (2012-05-01 14:11:22) ＋转载 ▼

标签： 昆仑山 城寨 麻栗坡县委 后羿射日 麻栗坡采风 彭辉 七彩云南 严建设 旅游   分类： 【原创】严建设旅游美食图文

　　我和著名网友风之末端、宾语、黄胜友、刚峰、老不死、端宏斌，还有当年老山前线的著名记者董保延等人在麻栗坡县委彭辉书记的陪同下前往云南麻栗坡城寨。在那里有幸看到了白倮人的荞菜节暨祭龙祈雨仪式。

　　白倮人甚是神秘，据传是很久以前从昆仑山迁来的。历来有关昆仑山的神话传说颇多，如女娲补天、共工触山、嫦娥奔月、赤松行雨、蟠桃盛会、后羿射日、白蛇盗仙草等等。白倮人若来自昆仑山，若能考究的话，怕也得有些神话人物。

　　有关白倮人的资料县委给了电子版，则在下面贴出。此

处单表看到的境况。

午饭后天空阴晴不定，时而乌云密布时而阳光灿烂。我们聚集在村口一个空地上，空地四周长满高耸入云的百年榉树，可谓古木参天。据说此处很多古榉树，当地政府严令不许砍伐，并出台相关政策，砍伐1棵古木判拘役6年，因此枯死的榉树也没人敢伐。

我们等候的时间有点长，山坡上坐着数百名"红领巾"，不时地传来喧闹声。还有来自布鲁塞尔的欧洲游客和文山州摄影家协会的摄影师们拿着"长枪短炮"在拍摄，当然我们亦同。那欧洲拍客凑前对我不停地说

多彩边陲

DUO CAI BIAN CHUI

66，还指指自己胸口。他咬字不清我听不懂，只得指指耳朵回答："脑！"他抓耳挠腮，很快从怀里掏出本子，指着年龄给我看，我迅即指着66岁给他看，并明白他已66岁了。相互挥手，哈哈大笑。

空地中央有一副矮桌凳。居中坐着当地身着民族服装的老者，长着长寿眉、相貌清癯不动声色，任凭"长枪短炮"轮番轰炸，我自岿然不动。身边还摆着搪瓷脸盆，里面种植绿色植物，不清楚是啥讲究。其族长在一边照料支应。然后来了八位老者，围桌吸烟饮酒就餐。餐桌上摆着三种菜：炖猪肉、煮豆腐、煮黄豆。按照当地习俗，老者用筷子布菜时，为表示尊重，必须用手掌来接菜，就手塞进嘴里吃下。期间有些当地妇女端着盘子，盘子上搁着盛满酒的木盅来劝酒。我早已戒酒，彭书记说这个酒得喝，饮酒为表示敬重，何况敬酒者是当地的族长。我只得屏住呼

吸一口喝干，酒味很辣。

接着络绎不绝地来了些身着彝族服装、佩戴银饰品的可爱女孩，吸引了大批拍客的镜头。感觉当地人在脚上汉化得比较彻底。虽说都是民族服饰，可脚上都穿着皮鞋、塑料凉鞋、塑料凉拖鞋以及球鞋等等，完全看不到白倮人的传统鞋子。

仪式开始后，她们围着圈子拍手舞蹈，且舞且走，有的嘴里唱着我听不懂的古老歌谣。间或有些身着民族服装的男子穿插其中，敲锣打鼓、手舞钢叉之类的跳跃前行做格斗状，可能在展现古代的战争场面或狩猎场景，向虚空中的龙神表示敬畏。其间还穿插有简单的面具舞龙表演、简单的傩舞表演，都比较一般。那几位老者自顾坐在中央饮酒吃菜，食不语。

中篇

多彩边陲

DUO CAI BIAN CHUI

中国很多地方跳舞者都是为了获奖，而白倮人不同。跳舞不过是白倮人生活中的一个组成部分，自然形成，不加粉饰，没啥做作，更不要一块钱的演出费。过荞菜节时跳"荞菜舞"，新房盖好后跳"进新房舞"，平时跳"月亮舞"、"竹竿舞"，老人去世时跳"铜鼓舞"、"三胡舞"，犁地唱"牛歌"，喝酒唱"酒歌"，插秧唱"插秧歌"，有傩文化的特征，颇为生活化和世俗化。舞蹈已成为白倮人生活中不可或缺的一个组成部分。

白倮人的城寨，我还会再来的。

 该博文在人民网、华商论坛网、新浪网等多家网站发布。

▶ **部分评论：**

周至冷娃　2012-05-01 14:34:02
　　沙发，呵呵，严老师劳动节快乐！

阿伊达　2012-05-01 15:49:41
　　嗯，有价值。

涧下水　2012-05-01 17:18:13
　　欣赏，五一节快乐！

江涵秋影　2012-05-02 01:05:26
　　严老师：你可以把这次云南之行列个行程简表，何时出发，何时去哪，参观什么，包括自己的自由活动，吃了什么，买了什么。这样网友一目了然，不然单看一篇篇博客，因为没有时间，有点乱。

博主回复　2012-05-02 03:08:13
　　甚好！只是增加篇幅了？

多彩边陲

探秘彝族白倮人

李悦春

四月的麻栗坡县，骄阳似火。

全国网络名人、名博作家一行十多人，在县委书记彭辉的带领下，"闯"进了神秘的"原始部落"——彝族白倮人居住的文山壮族苗族自治州麻栗坡县董干镇新寨村委会城寨村。

城寨村位于麻栗坡东部，距县城一百多公里。一进村庄，眼前古老的原始森林、长满青苔的古寨门，令我们恍如走进了远古的部落。村庄掩映在绿树丛中，寨前寨后古树参天，寨中绿树成荫，几个成年人才能合围的大树随处可见，树林中生长着的珍稀濒危植物榉木和许多珍稀野生花卉，让我们这群不速之客叹为观止。

根据一些民族学家的推测，城寨村可能是当今世界上最为古老的白倮人村寨。其衣、食、住、行与其他地区的彝族相比，存在较大差异。城寨保留完整的古朴着装、奇异民间风俗和独具特色的干栏式建筑，

近年正引起社会各界人士的广泛关注。而在白倮人内部，生活习惯也呈现地域性差别，其复杂的历史渊源和多元的文化传承因子，给白倮人抹上了几丝神秘色彩。有关白倮人的文献记载较晚，最早在明代天启年间的《滇志》中有所提及，但白倮人到滇东南的确切年代，尚不得而知。至今，白倮人在文山州境内主要以富宁县及麻栗坡县一带的最具特色。2009年，城寨村被列入云南省第二批非物质文化遗产保护名录（民族传统文化保护区）。

沿着茂密的林荫道，我们来到了村中白倮人的"长老"、文山州"非物质文化遗产"传承人陆孝忠家中。他看上去40多岁，身着汉族服装，讲着不标准的汉话。他热情地领我们进了他的家。他的家由别具一格的干栏式建筑组成，整座房屋除屋顶用瓦片外，其余全部用木料，这里茂盛的树木为白倮人建盖房屋带来优越的条件。整座房屋用56根或66根圆木支撑，他们用斧子劈出各种方木、圆木、木板，然后环环相扣而成，还劈出回廊走道，工艺精美。其住房分上下两层，上层供家人居住，且用木板隔成数间，进门一间最大，中间置一火塘，作为客厅；下层关牲畜。白倮人的粮食一般不堆在木楼内，而是有个专门的小粮仓。我站在他家的走廊上放眼望去，村中鳞次栉比的干栏式建筑似一道独特的风景，显示了古老文化的缩影。

中篇

多彩边陲

DUO CAI BIAN CHUI

　　董干镇的镇长介绍说，城寨的历史悠久，但寨中已没人能说清这个寨子建于何年何月。白倮人没有文字，故城寨的白倮人是何时迁徙而来，已无法考证，只知道他们的祖先来自新疆南部的昆仑山区，因遭灾害袭击，艰难辗转逃到此地时，四周皆为原始森林，无人居住。由此推断，白倮人可能是最早迁徙至此的居民。

　　如今，城寨村共有94户，411人，全部为白倮人。2011年，全村经济总收入225万元，农民人均纯收入2851元。农民收入主要以种植、养殖、外出务工为主。2008年，由麻栗坡县委、县政府投资135万元，各部门整合资金35万元，当地群众投工投劳建设成了民族生态示范村。

　　为了欢迎我们，陆孝忠带领村中的其他几个白倮人为我们做起了饭菜。他们做饭不用正规的灶，而是用三个石头支锅而成。逢年过节都要吃染色的糯米饭，染的颜色根据节日的不同而有所改变，如过大年用花色和蓝色，过荞菜节用黄色。这一天，是农历四月头龙之日，也是白倮人的传统节日——荞菜节。我们赶上了一桌丰富的饭菜，原生态的鸡肉、猪肉加青菜，个个吃得满嘴喷喷香。

　　饭后，我们来到了村中一个自然形成的广场上，参加白倮人隆重的荞菜节。荞菜节属祭祀性节日，白倮人祈求年年丰收在望，生活富裕。换上了民族服装的陆孝忠说，他从18岁起从父亲那里接过了传承白倮人文化的担子，每年在白倮人隆重的荞菜节上，他都要带领全村人跳"荞菜舞"。

　　在广场旁边，支起两对铜鼓，每对铜鼓都分"一公一母"，公小母大，公鼓响音洪亮，母鼓响音大而低沉。鼓面中间有个太阳星，光芒四射。鼓形是顶大于胸，在胸、腰间各有四只耳环供抬用，鼓身上的花纹组成波纹圈状，鼓身中空无底。只见身着盛装的白倮人，在铜鼓和皮鼓的敲打声中，男女老少手拿一支木叶代表荞菜，载歌载舞地跳起了"荞菜舞"。舞蹈表现了白倮人的生产、生活习俗，有较高的艺术性，体现着古老民族舞蹈的风格。

　　在舞蹈中，最引人注目的要数白倮人的服饰了。灰白色的基调，妇女头上戴的银饰闪亮耀眼。白倮人的服装都出自自家妇女之手，她们自己纺线、织布、点花、蜡染、绣花，然后制作成衣，工艺十分精细，因此制成一套衣服基本上要花上一年的时间。城寨的姑娘从小就跟随母亲学织布、染布、绣

花、做衣服，谁家女儿或媳妇做的衣服最漂亮就会受到人们的高度评价。平时姑娘和妇女们都要穿上亲手制作的新服饰让人们评头论足一番。

白倮人的婚恋也非常奇特。白倮人至今不与除白倮人之外的其他人通婚。即使是走出城寨成为国家工作人员的白倮人，也只能与白倮人通婚，与除白倮人之外的其他人通婚的极少极少。以前白倮人的婚姻由父母包办，现在虽然可以自由恋爱，但依旧被白倮人之间的婚姻小圈子所禁锢。白倮人的婚礼极其简单，不送彩礼，也不请客吃饭，女方与男方结婚后，女方住在娘家，直到女方怀孕后才到男方家定居，当地称做"坐家"。白倮人离婚也非常简单，男女双方把各自的老人请到一棵大树下，杀一只鸡，用鸡血涂在双方的手上，即宣布婚姻终止。两家人把鸡吃完，就算正式离婚。

白倮人也是一个喜爱唱歌跳舞的民族，过荞菜节要跳"荞菜舞"，新房修好要跳"进新房舞"，平时玩耍就跳"月亮舞"、"竹竿舞"，老人去世跳"铜鼓舞"、"三胡舞"，犁地时唱"牛歌"，喝酒时唱"酒歌"，栽秧时唱"栽秧歌"等等。

在歌舞的海洋中，我们感受古老神秘的白倮人文化，流连忘返，沉醉如痴。

中篇

多彩边陲

DUO CAI BIAN CHUI

实拍：4000年前的神奇岩崖裸体画

4000年前的裸体画是什么样的？

云南省麻栗坡县一幅新石器时代的崖画，让人们被远古时期老祖先们的创造力所折服。

崖画位于麻栗镇南油村委会菜溪村小组西北约800米处，县城东面羊角脑山南端。

崖画点岩壁面向正南，没有人工修凿的痕迹。岩壁高29米余，崖画距

地面3.5米。画像使用了黑、红、白三种颜色绘制，现可见图像24个，其中人物13个、牛2头、动物1只、花蕾图案8个，同时还绘制了用作装饰的几何纹等纹饰。画面主体部位，绘制了两个长发，全身裸体，两脚分开，双手下垂，手腕朝外的人物。

　　头部顶端有一水波云状纹饰。人物靠内侧双手各有一白色带状垂下，连接了下部分的人物、动物和图案符号等图像，构成了一幅完整的画面。

　　大王岩崖画于1983年经云南省崖画专家杨天佑多次调查考证，初步确定为新石器时代崖画作品，迄今4000余年。

从画面及留下的遗痕推断，是新石器晚期至青铜时代的艺术品，具有较高的历史考古、艺术欣赏价值。

 该博文在人民网、光明网、网易网、腾讯网发布。截至2012年5月22日，各大网站总浏览量为5.9万，总评论量为63。

部分评论：

、鑫仔–_–。 评论时间: 2012–04–30 08:05:28
　　最能体现麻栗坡的画，政府还将其印在了城中心的大王岩广场中。经历那么长时间的洗刷……还是那么好看。

破土重生 评论时间: 2012–04–30 08:33:29
　　这不是裸体画，这是镇山符！让那些无知的人别乱动吧！

天眼摄郎 评论时间: 2012–04–30 09:45:01
　　跟着哥们开眼了，有机会一定去观摩。

　　主人：谢谢大师！麻栗坡真是个好地方。

tZy/ty小泽 评论时间: 2012–04–30 10:52:23
　　就是个广告，让人去公园的。

黄昏的和歌　评论时间: 2012-04-30 11:02:15
　　不太可能，估计是托吧。4000余年前的崖画，在风吹日晒下，能保留到今天？

楚光广告春苗　评论时间: 2012-04-30 12:36:57
　　一看就是重新刷过油漆的！

梁海燕　评论时间: 2012-04-30 13:08:00
　　原始人类的创造力和表现力是超过现代人想象的，使用赤铁矿等矿物颜料，加上牛血或者其他的天然调和剂，附着力强，不容易变色，现代人画不出那种充满想象和力量的画面，要是现代人能画得出来，一定是现代艺术大师了。

闲谭落花　评论时间: 2012-04-30 14:49:20
　　俺不得不承认，俺的想象力和眼力太弱了，竟然看不出来，汗！

缘来是你　评论时间: 2012-04-30 18:16:06
　　眼都看花了，也没看懂！

微微一笑　评论时间: 2012-04-30 19:46:31
　　古人真厉害，我怎么也看不出个人样来。

明天、会更好　评论时间: 2012-04-30 20:10:33
　　我以为我的智商有问题，一看评论才知道，原来我看不出来也不是我的错。

人之人。　评论时间: 2012-04-30 22:20:30
　　好过我们广西博白。

诗酒英豪　评论时间: 2012-05-01 07:54:01
　　没看出来是什么男人女人，倒像是一种符号。

愚儒　评论时间: 2012-05-01 12:41:37
　　你说像裸体画，我说像大马虾，看谁赖得狠！

て嘆楮眽丶娒楮蒿つ　评论时间: 2012-05-01 13:28:26
　　必须批评一下上面那些质疑的人，我身为一个麻栗坡的人，可以很肯定地告诉你们，这幅画确实没有重新刷过，绝对原创，如若不信，可以亲自去参观，本人可以给你们做导游，如果只是为了炒作，为什么会没有门票？

龙卷风　评论时间: 2012-05-03 10:27:06
　　真想再去看看，那曾经流血流汗的地方！

山清水秀　评论时间: 2012-05-03 10:53:37
　　我半天都没看出来是个裸体的男人，也许他们画的不是地球人，是外星人吧。

惜缘　评论时间: 2012-05-03 22:58:00
　　眼拙得很啊，县城变化很大，有空时想去看看。

日志

云南苗族妇女带着孩子采茶的温馨场面

宾语
加为好友　给我留言
打个招呼　发送消息

云南者阴山天下闻名。

位于者阴山下的云南省文山州麻栗坡县杨万乡长田片区长年云雾缭绕，是弥雾茶的主要生产基地之一。到2010年年底，茶叶连片种植面积达到了5000亩，实现产值110余万元，现开发出了玉环、毛尖、菊花及大众茶四大品种，被文山州质量技术监督局列为州级"无公害"农业产业标准化种植示范区。

杨万乡茶叶产业

的发展，切实解决了70余户，180多名苗族群众的就业问题，茶农每年从中获取劳务报酬150余万元，每年人均获取收入8000元左右。2010年，杨万乡者阴茶厂在提升者阴茶品质及资源循环利用的同时，再次为片区群众增加近100个就业岗位，使茶农人均增收4000元左右。

请看宾语的廉政空间2012年4月26日拍摄的苗族妇女带着孩子采茶的温馨场面。

多彩边陲

该博文在人民网、光明网、网易网、腾讯网等多家网站发布。

部分评论：

一池莲开　评论时间：2012-04-27 08:45:19
　　自然，天然，就是美。希望这里的环境不要被贪利润的商人破坏，千万不要给茶施肥打药哦，那样，你破坏的不是茶的品质，而是千年传承下来的这片原始生态自然！

ＡＰ ρ lě。　评论时间：2012-04-28 08:54:52
　　我不觉得温馨，这些小朋友放假的时候没人带去游乐园，没人管，大人只好带去摘茶，你们只看到画面的美景，如果是大热的天，还是得站在烈日下晒着，这些孩子也得跟着晒。

感恩　评论时间：2012-04-28 14:28:18
　　只看到了表面，实际上采茶叶很累，而且在太阳底下暴晒，很受罪的！我是深有体会的，我是山东的，我们这里也以茶叶为主，现在的这个季节正是春茶旺季，那个忙、那个累啊……不容易！

木子　评论时间：2012-04-28 14:50:39
　　山区的人生活虽然苦一点，但是他们得到了大自然的回报。

重庆智投投资　评论时间：2012-04-28 23:10:41
　　我在者阴山上时，人都看不到几个，现在好了大变了，很想再回去看看。

忆　评论时间: 2012-04-28 23:11:54

　　其实一点都不温馨，城市出身的人永远不知道农村的苦，那小孩可能并不想去的，是被大人逼迫去干活的，热死，晒死了。

信达物流　评论时间: 2012-04-29 08:16:12

　　我不觉得温馨，这些小朋友放假的时候没人带去游乐园，没人管，大人只好带去摘茶，你们只看到画面的美景，如果是大热的天，还是得站在烈日下晒着，这些孩子也得跟着晒。

　　你是不会理解云南的天气的，再说孩子晒晒多好啊！游乐园很好吗？我不觉得，我家就是云南的，云南的好看来你不清楚哦。

将军　评论时间: 2012-04-29 11:29:15

　　那样的环境才是人间天堂。这才是最纯真的笑，让人忘记烦恼和忧愁。

小虫　评论时间: 2012-04-29 14:16:25

　　苗族采茶的女同胞穿的衣服好鲜艳、好漂亮！也能看得出她们的手一定都很巧。

茗人茗家驿站　评论时间: 2012-04-29 22:12:17

　　小时候也有跟妈妈去采茶，到田间干农活的场景，真的很温馨。

鱼儿356,453　评论时间: 2012-04-30 20:31:21

　　茶叶连片种植面积达到5000亩，实现产值110余万元。你仔细看看茶叶的干鲜比，什么单价，茶农不简单，生活在水深火热之中。

疯狂的兔子　评论时间: 2012-05-04 01:48:59

　　曾经在杨万乡当过兵的我在这里又重新见到久违的地方，那地方偏了一些但是老百姓心地善良，有机会重新回到我的第二个故乡。

越战老兵　评论时间: 2012-05-04 08:37:38

　　你是德厚、才高的人。让我们这些曾经到过那里的老兵很感动。

贯穿主线　评论时间: 2012-05-05 16:28:41

　　看到我当年战斗过的地方，如今一派和平景象，可以了。

张建成　评论时间: 2012-05-06 08:28:27

　　好地方、好风光、好悠闲！三好。

论坛　生活坊　文学原创　2012：雅兰探访边府麻栗坡

发表于 2012-5-6 10:22:10　　显示全部楼层　　　　　　　　　　　　21#

万亩茶园吃茶去

　　汽车在蜿蜒的山道上前行，今天我们是奔一片树叶而去的。麻栗坡的杨万乡长田片区长年云雾缭绕，是麻栗坡县弥雾茶主要的生产基地之一，杨万乡的万亩茶园就是我们的目的地。山道弯急路窄，越野车慢慢地在爬

行，百无聊赖的我拿眼睛在窗外找风景，同车的老不死同学在打瞌睡，张武钢小朋友和他的小女友在煲电话粥，小武同学腻腻歪歪的小情话把老不死给惊醒，老不死大叫："我全身不是起鸡皮疙瘩而是起牛皮疙瘩。"我说："我来接着你的牛皮疙瘩，免得你掉下来把咱们给埋了。"小武同学继续腻歪，老不死无奈，继续抖牛皮疙瘩，我叫："老不死，你的牛

皮疙瘩掉太多，我捧不下了怎么办？"老不死道："往窗外扔吧。"我往窗外一抛，就听得我们的车子吭吭哐哐地狂响，我和老不死哈哈大笑。

下了车，老不死狂吐，我说："老不死，你不会死了吧？"老不死道："我就算现在不死早晚也得让小武给肉麻死。"我悄悄拉过老不死，还把飙哥也撺掇过来："我教你个招吧，小武把你肉麻死，以后你别叫他小武，我们都叫他小三，把他给恶心死。"一旁的飙哥用鄙视的眼神看着我："最毒妇人心，雅兰你不仅及格而且还可以得高分。"我挑衅："要不我再发挥一下，找几招在你身上试试？"飙哥"呸"了我一口，扬长而去。

刚刚下过雨，茶园里满目青翠，放眼望去，一排一排的台地茶长得实在是让人欢喜，采茶的苗族女同胞们正忙着采摘，那毛尖上的绒毛似刚刚出生的"婴孩"，柔软至极，实在是好看。我迫不及待地蹿进茶园，向苗族女同胞们学习采茶，我要做个采茶女。拥抱着这万亩茶园，一种愉悦的心情升腾起来，我喜欢这种浓绿，翡翠似的景象。于是，我把海子的诗给改了："从明天起做个幸福的茶女；喂马劈柴到茶园采茶；从明天起关心粮食和茶叶；我有一所房子；面朝茶山春暖花开；给每一条河每一座山取个温暖的名字；陌生人我也为你祝福……愿你在尘世获得幸福；我只愿面朝

茶山春暖花开。"老不死在一头叫："雅兰，这茶可以吃的，你尝尝啊。"同学们注意，他说的是吃不是喝，我没吃过茶，只喝过茶，所以心存疑虑地嘟哝："会不会把我给吃死掉。"前面的飙哥听见，回过头来："你天天在办公室吃也没见你死啊。"我瞪他："老不死说的是吃茶不是喝茶。"飙哥："没文化，真可怕，这是无公害无农残的有机茶，你懂不懂啊。"我将信将疑地摘了几片放嘴巴里嚼，一股涩涩的苦味，我奇怪："怎么没有平时喝茶时的茶香味啊？"飙哥："你平时喝的茶是加工发酵过的，这是还站在土里的，当然不一样，你吃完后，喝点水看看，味道很好哦。"我道："你少忽悠我，这不成了冷水泡茶了吗？"飙哥怒道："你个傻妞，说你傻你还真傻，信飙哥得永生。"我还是不太相信这个男人，但是又经不住他这么一说，找了瓶水灌下去，果真不一样啊，嘴里的回甘很甜，还有一股淡淡的茶香味，非常舒服。各位，若是你有缘去到杨万乡的万亩茶园，记得一定要吃茶去哦。

◀ 该博文在金碧坊网等多家网站发布。

美如仙境的边陲茶园

【严建设云南游155】　(2012-04-26 23:05:54)　＋转载▼

标签: 麻栗坡采风 茶园 边城诗稿 采茶舞曲 者阴茶园 边贸市场 七彩云南 严建设　　分类: 【原创】严建设旅游美食图文

位于云南边陲的者阴是个山清水秀的好地方。我和数名网友乘坐三菱越野车，穿过崇山峻岭，坎坎坷坷沿着狭窄而崎岖的石块路到了者阴茶园。然后步行了一段山路到了茶园里，见有些女工正忙于采茶，还有些可爱的小朋友，惊讶地望着我们这群陌生人。当然，我貌似第一次看到采茶，心里暗暗哼着《采茶舞曲》，看到沾满露滴的鲜嫩茶芽，先伸手拣微黄的嫩芽薅了几枚塞进嘴里咀嚼，好苦啊。

169　中篇

多彩边陲　DUO CAI BIAN CHUI

那些妇女都是当地苗族、瑶族，据说每天可得20元报酬，采茶时间长度不详。据麻栗坡县委干部说，茶叶是当地边民的主要经济来源，每次赶集参与边贸时都会拿些去卖。不过我看那些采茶女工们貌似都比较瘦，肥胖的没有，壮实的只是个别，可能伙食不好？

麻栗坡县委书记叫彭辉，是个文人，曾出版过《边城诗稿》，我曾得过一本，其中有关者阴茶园的五言古风如下，可惜其配图不大理想：

过者阴山茶园

彭 辉

中华风物盛，四时转年轮。

北国塞风劲，南国春意升。

天机已萌动，地气原有衡。

竹柳舞婀娜，桃李落缤纷。

边陲有茶园，群山近星辰。

昔日烽火地，今朝万木春。

老树垂枝闲，新芽仰面生。

雨润千峰秀，雾笼万壑深。

山川吸灵气，日月酿精神。

峰回云献舞，路转鸟啼声。

景深人行迟，炊烟起归程。

回望者阴山，挺拔似国门。

多彩边陲

◀ 该博文在人民网、华商论坛网、新浪网等多家网站发布。

▶ 部分评论：

江涵秋影　2012-04-26 23:29:22
　　抓紧更新。

蓝色印象　2012-04-27 21:52:59
　　欣赏美拍！

pisceslee　2012-04-30 07:08:55
　　美！

浩桓　2012-05-05 22:38:09
　　人生离不开友谊，但要得到真正的友谊才是不容易。友谊总需要忠诚去播种，用热情去灌溉，用原则去培养，用谅解去护理。

严建设 原创照片 旅游

http://blog.sina.com.cn/aa8807 [订阅] [手机订阅]

首页　博文目录　图片　关于我

正文　　　　　　　　　　　　　　　　　字体大小: 大 中 小

麻栗坡董干镇集市掠影

【严建设云南游163】　　(2012-05-01 20:10:07)　➕转载▼

标签: 董干镇 麻栗坡县委 边民 越南盾 彭辉 严建设 七彩云南 麻栗坡采风 旅游　　分类: 【原创】严建设旅游美食图文

173

中篇

麻栗坡不失为山清水秀的南国边陲。之所以取个掠影的标题，因所拍照片均系行车抢拍，以资留念。抵达麻栗坡的次日清晨，我和著名网友风之末端、宾语、黄胜友、刚峰、老不死、端宏斌，还有当年老山前线的著名记者董保延等人在麻栗坡县委彭辉书记的陪同下前往白倮人的居住地——城寨。

那时朝阳初升，霞光万道，映照在麻栗坡郊外青黛色的山峦沟壑非常漂亮。层峦叠嶂、山川秀丽、云雾弥漫、炊烟升腾，满坡葱翠树木、房舍历历，那些层层梯

多彩边陲

DUO CAI BIAN CHUI

感受边陲

——名博眼中的麻栗坡

田，那些香蕉林，那些竹丛咖啡树和茶园沐浴在阳光下很美，充满诗情画意。来领略边城风貌，我感觉非常惬意。

我所乘坐的三菱越野车在拍摄时行经董干镇，很多少数民族在赶集，衣着花花绿绿，扶老携幼，非常抢镜。因人多，车子很缓慢，其实这正是我求之不得之处，也顾不得尘土飞扬，打开车窗得以从容拍摄。当时看到有些景致非常希望车子停一下选个角度拍摄，但为了赶路也不可能耽搁大家时间。路过集镇看到上镜者则隔窗大呼小叫，不停呼唤阿婆、靓女、乖乖，以期她们抬头给我拍摄。那时玩得眼明手快，一个不小心，有的人不好意思捂脸窃笑转头逃走了。

据麻栗坡县委彭书记说，麻栗坡地处边关，边贸互市比较热火。中越边境线长达277公里，有些边贸市场方便了边民自由贸易，其实主要也就是有些土特产、药材、鸡仔、猪崽、牛犊之类。那场老山战役已远去，但现在很多地方还埋有地雷，炸伤、炸残了一些边民，而那些地雷100年后还将存在。

175

中篇

多彩边陲

DUO CAI BIAN CHUI

据说越南盾不大值钱，1元人民币可兑换2000盾。吾于车中即兴口占歪诗一首：驿车迤逦驰边关，烽火渐逝三十年。南疆父老垂泪望，犹幻炊烟是硝烟。

严建设：彭书记，这组图片今天上了《人民网》的首页，请多指教！

彭　辉：欣赏了，很好！不过前面行车啊途中的照片太多，翻了很多页，后面少数民族
　　　　赶集、人物特写更精彩，你应该把后面的好图放到前面去。

严建设：有同感。只是担心网友指责颠倒了从麻栗坡出发的路径。

彭　辉：你把好东西放在后面了，再说谁知道咱们哪些是前、哪些是后啊。也可以"倒
　　　　叙"啊！是不是严老师？呵呵呵！

严建设：哈哈哈！

> ▶ 部分评论：

城市漂灵　2012-05-01 21:28:00
　　麻栗坡不失为山清水秀的南国边陲。今天通过照片真实地看到实地情况，想当
年与两个弟弟一同参加那里的战斗时，恐怕没有像今天看照片这样轻松。

新浪网友　2012-05-02 19:31:50
　　交通基本靠走哈。
　　另：鼻涕泡拍得真好。

多彩边陲

DUO CAI BIAN CHUI

者阴山下采茶忙

2012-4-27 08:10　阅读(815)

赞(2)　转载(9)　分享(3)　评论(7)　复制地址　举报　更多　　上一篇 | 下一篇：探秘 云南麻栗坡…

　　云南麻栗坡杨万乡的者阴山，曾是著名的老山战役的战场，如今和平时代，我们来到者阴山下，见到一群采茶的苗族妇女，在有点阳光的天空下，正采着茶，因要赶到者阴山边贸小站，故匆匆之中拍下这组图片，让大家见见中国边陲小镇最南端的苗族茶场的人文风景！

中篇

多彩边陲

刚峰看美云南

刚峰看美云南

该博文在凤凰网、腾讯网等多家网站发布。

部分评论：

月光下的女人　评论时间：2012-04-27 08:13:45
　　嗯嗯，快受不了了，啊！

→眼皮跳　评论时间：2012-04-27 09:12:11
　　只见阿婆，不见阿妹。

Tomorrow　评论时间：2012-04-27 10:20:35
　　这里的传统特色还保留得很好，我们那里也是苗族，可是却没了苗族的踪影！

雁南飞　评论时间：2012-04-27 11:24:46
　　抛媚眼，现在留在农村里的都是老人家了，哪里会见到漂亮的阿妹呢？

乌雪雪　评论时间：2012-04-27 15:06:16
　　拍拍手，景气怡人！

南　评论时间：2012-04-27 15:39:11
　　茶园中的少数民族，画面很漂亮。

日志

实拍：麻栗坡中越边民共用一口国际水井

宾语
👍 加为好友　🖊 给我留言

云南省麻栗坡县东南部143公里处的深山里，有一个只有21户人家，66人的苗寨——麻弄村小组。

别看寨子不大，却在国境线上，属于边境少数民族贫困村寨。

麻弄村隶属于麻栗坡县董干镇马崩村委会。村民中受教育程度最高的是初中生，只有两人，小学毕业的有8人。全村有劳动力39人。受战争遗留问题的影响，有伤残人员7户8人。

由于全村群众整体文化素质偏低，生产、

生活方式落后，加之受战争遗留问题影响，伤残人员较多，大大降低了劳动能力，全村整体水平不高。经济收入主要以种植业、养殖业和外出务工为主，但由于土地很少，发展种植业、养殖业增收潜力非常有限，外出务工人员也因受教育水平不高只能从事低收入的简单体力劳动，仅能勉强维持在外生计，难以补贴家用。目前，除个别家庭稍有积蓄外，大部分村民生活还达不到温饱水平，无偿债能力，基本不具备向金融部门借贷的条件。

　　离麻弄村不到1公里，就是越南的下麻弄村，经济状况比麻弄村还要差。历史上，两个村的村民共用一口水窖，这口水窖就成了名副其实的"国际水井"。2011年，麻弄村小组被列入了外援帮扶项目，对口支援的外交部帮村里家家户户建起了水窖，"国际水井"也就成了越南边民的便民井。

部分评论：

原野孤鹰　评论时间: 2012-04-26 12:55:13
　　地理条件那么差，人口那么少，不能迁到别的地方去吗？没有电视广播简直就是与世隔绝了，这样下去连下一代小孩子都很受影响。

TANK　评论时间: 2012-04-27 09:28:27
　　世外桃源的生活，好想去那个地方看看啊……

TIGER_QIQI　评论时间: 2012-04-27 10:08:35
　　1997-1999年，我就在麻栗坡当兵，这么久了那里变化很小啊！

小猪　评论时间: 2012-04-27 15:47:22
　　崇拜，能不能把它搞成旅游点，也能搞活经济。

幸福一家人　评论时间: 2012-04-27 22:27:06
　　我个人提议，搬迁为上计。

鑫仔-_-。　评论时间: 2012-04-28 18:42:12
　　国际的，哪哈要去拿瓶来喝吧！呵呵！

将军　评论时间: 2012-04-28 19:21:10
　　1986-1987年，我在那儿守边！

※ 苦命男人つ　评论时间: 2012-04-28 23:54:40
　　真想去看看，国家应多发点补助，建个边民安居房，让越南人看看中国的富强。

小芳　评论时间: 2012-04-29 02:14:56
　　太苦了，那里！

o　评论时间: 2012-04-29 09:23:39
　　拍拍手，想去看看，是挺辛苦的。

叶子　评论时间: 2012-04-29 10:29:19
　　就是啊！为什么国家不叫他们搬迁呢？人也不是那么多。

悟。。空　评论时间: 2012-04-29 12:31:50
　　那里没"三鹿"，没地沟油，没有"良心药"，别去打扰他们了。谢谢！

涛哥　评论时间: 2012-04-29 18:30:48
　　边界地区应该发展旅游。

冰岛渔夫　评论时间: 2012-04-29 18:59:52
　　我觉得必须有人住。

╲☆惹记(●　评论时间: 2012-04-29 21:18:14
　　远离城市的净土啊！

念在星空　评论时间: 2012-04-30 08:30:33
　　这地方挺美的。

雪山上的月亮　评论时间: 2012-04-30 12:10:39
　　有个曾经资助过的妹妹在麻栗坡县，前几年去了，叫了辆车，可是怎么都进不了她家的村子，就到了麻栗坡县里。挺郁闷的。

熊等待猎物出没　评论时间: 2012-04-30 20:57:18
　　像他们这样的生活很好，不污染！

踏雪无痕　评论时间: 2012-04-30 21:18:52
　　其实在哪儿都是一辈子，只要吃好喝好就行，与世隔绝更好，就不这么累了，也不用吃垃圾食品、毒胶囊中药，更安全、纯野生。

云　评论时间: 2012-05-01 16:57:34
　　让全国的公务员每人拿出100元钱来，把那里的基础建设先搞起来，让那些当官的少贪一些不就可以了嘛，有人倡导我也捐100元。

简单　评论时间: 2012-05-01 22:37:39
　　我非常支持云的想法！

醉李白　评论时间: 2012-05-02 10:00:35
　　太远的村，太远的人们，太远的"为人民服务"，太远的记忆，太远太远太远了，但是它是中国的。

颢　评论时间: 2012-05-02 20:20:13
　　认真看看那井水，干净吗？能喝吗？

福山人家、静物瓷器制作　评论时间: 2012-05-03 10:33:52
　　可怜，实在太落后，太穷了，政府应该考虑考虑？

づ彼岸、花ゞ　评论时间: 2012-05-03 11:12:22
　　有机会我一定要去看看。

青爱的　评论时间: 2012-05-03 11:26:36
　　风景很美，开发一下第三产业，不错。

多彩边陲

DUO CAI BIAN CHUI

云南省麻栗坡县董干镇马崩村委会麻弄自然村属苗村，其实分上下两个村，同宗同族，因中越边境划分，一村竟然成为两国人。下村归越南，上村属中国，村辖1个村民小组，有农户21户，全村69人，其中劳动力41人。2010年，全村经济总收入34万元。农民收入主要以种植、养殖以及外出务工为主，村组长叫李玉光。

2012年4月25日，麻栗坡县委书记彭辉亲自带队越过崇山峻岭来到该村时，正值黄昏，全村人几乎都出动了，用最朴实的目光注视着

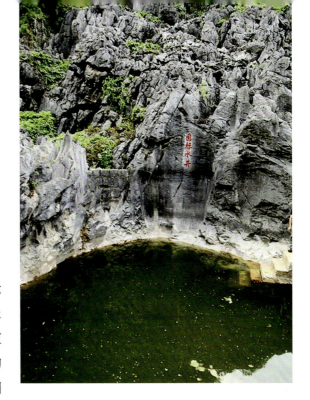

我们一行的到来，看得出老彭与该村村民很熟，村组长老李带着我们从上村向山坡下走去，来到了中越边境的分界线495桩柱边，让我们看了界桩边的一口水井，这口井名叫"国际水井"！

老彭告诉我们，因为地形地貌特殊，这里常年干旱，上村虽然是贫困村，但在外交部及省市县的支持下，政府不仅出资修了一条进村的公路，

多彩边陲

DUO CAI BIAN CHUI

而且帮每户村民打了一口水窖。上村解决了吃水问题，而归属越南的下村村民却常常因干旱而缺水吃，因历史上两村村民共饮的这口井水，划界时归属上村了，下村的同宗同族的村民不敢越过边界取水，所以不得不走十几里路到山里面挑水吃，十分困难。

县政府得知此事后，筹集资金将上村的水井维修一新，专供困难的下村越南村民作生活用水，因此，此井便更名为"国际水井"。

一村两国人，水井系宗亲！

云南麻栗坡麻弄村的这口国际水井恐怕在世界上都难以有类似现象。其实，这正是越南边民与我国云南、广西边民剪不断、理不乱的世代同宗同源的血脉之亲情的现实！

◀ 该博文在凤凰网、腾讯网等多家网站发布。

▶ **部分评论：**

命运之手　评论时间: 2012-05-05 08:42:29
　　我看那水窖里的水绿莹莹的，露天的，好像很脏啊，边民们生活就喝那样的水吗？

阿华　评论时间: 2012-05-05 09:28:45
　　请关注生活在中越边境线上的人们，想想该为他们做些人文关怀！

平常百姓　评论时间: 2012-05-05 11:08:58
　　关注边民生活。看这水井边的痕迹就知道已经干旱很久了，干旱年份有这样的水也算不错了。

甜草根　评论时间: 2012-05-05 17:25:09
　　看过你的影集真开心。仿佛我也到了那个地方……谢谢你，楼主。

1见贤思齐　评论时间: 2012-05-07 11:31:17
　　他们觉得中国好呢，还是越南好？还是无所谓？

严建设 原创照片 旅游
http://blog.sina.com.cn/aa8807 [订阅] [手机订阅]

首页 | 博文目录 | 图片 | 关于我

正文   字体大小：大 中 小

9号界碑中越边贸市场眺望

【严建设云南游176】   (2012-05-05 00:33:05)   ➕转载▼

标签：越南 边民 界碑 麻栗坡县委 彭辉 七彩云南 严建设 麻栗坡采风 杨万乡 旅游   分类：【原创】严建设旅游美食图文

　　那是块水泥铸造的中越边境的358号界碑，阿拉伯数字我还认得出，不知为何当地人叫做9号界碑。越野车穿越崇山峻岭，穿过白云缭绕的层层青翠的梯田和茶园，终于到了一排水泥建筑面前的界碑前停下了。那是个荒冷的边贸市场，几乎没啥人，据麻栗坡县委彭书记说，每到周末才会有人来交易，但也不过是弄点猪崽、鸡鸭、中药材、粮食、水果、白糖、纸烟以及廉价小百货来交易。

　　对面来的越南籍边民都很穷，买不起什么。当然，20世纪50年代，只能是个酸楚的回忆，边境上的边民正在努力愈合战争带来的创伤，希望走向

小康日子。只是关税如何征收没搞清楚。

记得数年前，有位老友忽然说起越南，说曾在河口的老街吃过1碗海鲜面，里面有鱿鱼、鲍鱼、蛏子之类，满满匝匝的连汤带水1大碗，饭馆老板收了两万盾越币。我弄不清越币与人民币的比值，想着两万是个大数字。没想到如今问起来，说1元人民币能兑换越币2000盾，折算起来，那碗面也就相当于人民币10元钱。吓我一跳，就那里面还有鲍鱼，真的便宜到家了，就跃跃欲试，也预备到越南吃海鲜面去，算是给他们一点生意做。

如今10块钱只能在西安的地摊上买面，碗里能有点葱花、肉末、青菜都不错了。

乍到边境颇感新奇。黄胜友首先跑上358号界碑的水泥台阶上，从裤腰里掏出面五星红旗挥舞着叫我拍摄，我们几个人都仿效了。陪同的麻栗坡县委干部说，最好不要拿红旗，边境无小事，

多彩边陲

是不允许展示旗帜和横幅的，一般没啥，万一叫不怀好意的人拍去了借题发挥，发到网上引起争议，事情闹到外交部就很糟糕。

当时边境没啥人，界碑距越南安明县白德社仅两公里，对面可能叫做共和社区。我们就近转到一户人家，进去一看还是小卖部，出售越南产的纸烟、糖、中成药、袋装的廉价洗发膏等简单的东西，那些袋装的洗发膏在内地可能是白送做广告的。纸烟也不便宜，90元一条。老板是两个妇女，都面黄肌瘦，一个年老、一个年轻，都是精瘦的黢黑肤色、高颧骨、抠眼睛，颇具越南人的特征。其中年轻的背着可爱的孩子，汉语说得较流利。看样子两人在开着一家店铺，但作为店铺来说，可能是我所见过最寒碜的店铺，凌乱不说，还没啥可供挑选的商品。我不想买东西，只想拍几张照片而已。最后网友刚峰掏了90元买了条纸烟，回去后大呼上当，逢人就说难抽得跟屎一样。

屋子里有只小巧的白色母鸡，见有生人来，就率领几只雏鸡钻进桌子底下去了。其鸣声响亮而怪异，连皮带毛体重估计只有两市斤许，有点像来航鸡，却比来航鸡小。水泥板上睡着两只黄狗，见生人则很凶的样子，耸毛龇牙狂噪起来。其实我们进去时它俩是呼呼大睡的，不知是否是越南

豢养的土狗。

门前有变压器。据说麻栗坡水资源十分丰富，能利用建造水力发电厂。大棚下有个招牌，写着顺权边贸公司大量收购锡、钨、铅、锌、铝、铁、锰等有色金属字样。

站在山巅遥望国境线对面的越南，乍一看貌似没啥区别，也是层层梯田，梯田边缘有些芭蕉树和开着白花的不知名乔木，零零落落还有几幢新盖的石棉瓦和免烧砖盖的屋子，那些房子与其说是房子不如说是棚子，显然有点粗制滥造，貌似质量很差的那种，有的裂着缝隙，据说居住着新迁来的越南边民。有个骑摩托车的越南人，貌似驮着两袋大米，瞭望了一阵就跨上摩托车向南开走了。越南的边民也是瑶族、苗族，跟中国这边息息相通，据说还有私自通婚的，都是趁夜走小路跑过来的年轻女人，同中国男人生的孩子还能报上户口。

我在国境线上拍摄到越南人晾晒的裤衩，忽然想到了20世纪70年代访华并拍摄一部叫做《中国》的纪录片，为此受到大批判的意大利摄影师安东尼奥尼。

临走时见到附近有几家越南人开的小超市，但都没开门营业，可能是逢集才营业的。

◀ 该博文在人民网等多家网站发布。

多彩边陲 DUO CAI BIAN CHUI

董保延的BLOG
http://blog.sina.com.cn/yndby [订阅] [手机订阅]

● 首页 · 博文目录 | 图片 | 关于我

正文　　　　　　　　　　　　　　　　　　　　　　　　　字体大小: 大 中 小

麻栗坡：界碑对我说

标签: 麻栗坡 界碑 国境线 采风 杂谈　分类: 山水走笔　　　　　　🖼 (2012-05-02 09:22:50)

在麻栗坡，最能够振奋我精神的，就是界碑。

界碑，是祖国的象征，看到它，就仿佛听到了祖国的呼吸。

界碑，是麻栗坡的自豪，看到它，就懂得了麻栗坡人的情怀。

麻栗坡有277公里的国境线，与越南的5县1市接壤，国境线之长与界碑之多在中国县级单位中并不多见。

几经战火硝烟的边境的界碑是无形的，组成它的是人民的脊梁和军人的臂膀。今天，当我再一次来到边境的时候，新树立的界碑格外醒目，而最惬意的，就是抚摸界碑，听它倾诉衷肠。

越野车翻过几重山峦，到董干镇马崩村麻弄上村时已经是夕阳西下。这个村的66人都是苗族，只有两名初

中生，8名小学生。由于地处深山边地，加之战争影响，大部分人家还达不到温饱水平。2011年，才修通了一条进村道路。村里最有特色的是跨越国境线的一口水井，历史上属两国边民共用，是名副其实的"国际水井"。热情好客的村民们用煮洋芋、鸡蛋招待我们，他们希望，能够有广播电视，能够发展生产，能够通班车。此时，一阵突如其来的潇潇春雨给久旱的人们惊喜，我看到水井里的水也更加清澈透明，仿佛村民们纯净的心。

該博文在华声在线、新浪网等多家网站发布。

董保延的BLOG

http://blog.sina.com.cn/yndby [订阅] [手机订阅]

首页 | 博文目录 | 图片 | 关于我

正文　　　　　　　　　　　　　　　　　　　　　　　字体大小：大 中 小

麻栗坡：青山对我说

标签：骆科邦 麻栗坡 老山 者阴山 八里河东山 杂谈　　分类：山水走笔　　　　　(2012-05-14 10:55:26)

　　从昆明进入滇南的文山，旱象随处可见。连续干旱3年的云南在流火。可是，车进入麻栗坡，却是另外一番风景：青山依旧在，苍翠耀眼明。在以后的采访行程中，我们几乎跑遍了麻栗坡所有地方，无论到哪里，都是青山为伴，绿漫边关。数落着那些我曾经很熟悉的地名，搜索着那些有些模糊的记忆，发现麻栗坡最大的变化莫过于不再是狼烟遍地、疮痍随处，而是山清水秀、盎然生机。我惊讶：硝烟散去，青山不老！

　　随着里程的增加，

艰苦奋战 无私奉献

云南省军区前指
麻栗坡县人民政府
一九九二年元月一日立

一个关于山的定义在我脑海里逐渐清晰起来：山是麻栗坡的标志，麻栗坡开门见山；山是麻栗坡的特产，麻栗坡靠山吃山；山是麻栗坡的希望，麻栗坡飞渡关山！

半年前，初读该县书记彭辉的《矿伤》时，曾为几经折磨的麻栗坡矿山而忧心忡忡。此时亲眼一看，踏实了！青山在，矿源足，大刀阔斧改与革，钨矿整合写新篇。紫金公司、海隅钨业的现状佐证，这个可以顶起麻栗坡半边天的产业，正在健康稳步地发展。而镍、锰等产业的开发，报道着边地大山中蕴藏的资源是何等丰富。最具历史性意义的是，一份《钨矿国有股份收益管理使用办法》的出台，使经济开发不因人事更换改变，让开发为民、惠民、富民落到实处具有了政策保障。

可谓：青山常在，发展喜人。

钨矿和镍矿给麻栗坡的发展带来了契机。

20多年前我到麻栗坡，只知道它的主要土特产有草果、八角、花椒一类，此行一看，并非如此：者阴山下杨万一带的茶叶占尽天时地利，品位堪优；八布的小粒咖啡和香蕉因生长环境一流，质量上乘；在天保的曼棍

中篇

多彩边陲

DUO CAI BIAN CHUI

洞，吃到一种"西贡芭蕉"，味香且甜，任何种类不可比；集市上的众多原生态山货如野生菌、竹笋、药材更是琳琅满目。

可谓：青山佳木，热土奇珍。

印象最深刻的莫过于麻栗坡人，这些大山的儿女们铆足了大山的气魄，以大山一样执著坚定的精神创造了大山深处的奇迹。战火硝烟中，是麻栗坡人如大山一样的宽阔胸怀告诉我，虽然贫困，却不会让祖国的一寸土地丢失。改革开放以来的麻栗坡又以大山一样的雄浑气势告诉我，不敢落后，奋发图强，努力追赶国家发展的步伐。骆科帮是我认识的麻栗坡人的一个代表，再次见到他时，我们已经分别了25年。可是，这位全国民兵英雄依然保持着当年的作风：朴实、务本、低调。如果不说，谁会知道他曾经带领他的战友们，在祖国西南边疆数十公里长的一个哨所里一守就是10来年，枪林弹雨，百战百胜；谁会知道他带领着支前民兵在者阴山、老山、八里河东山出生入死，保障胜利；谁会知道他参加过多次全国英模大会，在全国人民面前显示着麻栗坡人的风采？如今退休的老骆还说，想起这些，身上就有了力气！看老骆，我会很快想到那些我当年认识的穿军装和不穿军装的麻栗坡人（他们，都是我当年写的报告文学《青山告诉我》中的被采访者）：许崇治、古德昌、杨文团、茶树美、吴廷贵、王和文、鲍朝元、邓光发、杨绍武……

可谓：青山不朽，民族脊梁。

还有一位麻栗坡人不得不说，那就是彭辉。到达麻栗坡的当天晚上，他带着我们穿行在县城中心载歌载舞的人群中，我问他："群众是否认得你这个县委书记？"他回答："认得！"果然，很快就有若干人和他打招呼。后来，他带我们去过几个地方，因此我进一步解读了他：从探访白倮人居住的城寨我发现了他的敬畏自然、尊重生命；从雨夜看望马崩苗民我感受了他的亲民情结、为民干实事；从面对用近3亿元打造起来的民族中学的陶醉，我看到了他抓民生的得意之作；从与边防战士的亲密无间，我听出了他强边、固边的心声。即将离开麻栗坡那天，出差在外的他给我发来短信："今天是4月28日，我们都曾经是军人，记住这个日子！"一切尽在不言中：书记原来是军人！

县文联副主席问我，麻栗坡的文化定位在何处？我说，大山！大山精神！不是吗？老山、者阴山、扣林山、八里河东山……

正是：座座高山耸入云，青山何处无华章？

该博文在新浪网等多家网站发布。

微博上的多彩边陲

宾语的廉政空间 （设置备注）
http://weibo.com/u/2290466910
安徽，合肥
博客：http://blog.sina.com.cn/binyu0498

✓已关注 | 取消　　　　求关注　@他　设置分组　更多 ▼

宾语的廉政空间：中越边陲的麻栗坡县99.9%为山区，民族中学是一所由县一中、民族中学等五所中学合并起来的超级中学。看看这些在大山包围着的学校里求学的孩子们，在书堆里对知识的渴求劲头吧！他们渴望走出去看看外面的风景。书山有路勤为径，这条"径"，也是他们走向外面世界的必由之径。

宾语的廉政空间：位于者阴山下的麻栗坡县杨万乡长田片区长年云雾缭绕，是弥雾茶的主要生产基地之一。到2010年年底，茶叶连片种植面积达到5000亩，实现产值110余万元，现开发出了玉环、毛尖、菊花及大众茶四大品种。

多彩边陲

DUO CAI BIAN CHUI

 部分评论：

新浪七彩云南：朴实的民风。（4月27日 14:35）

激流永俊：者阴山茶园得到了外交部的产业扶持投入，者阴山绿茶因品质好，已作为外交部的接待茶之一！（4月27日 07:56）

刚峰看世界 V

🟩 聊天

http://weibo.com/u/1839486264

👤 海南，海口

博客：http://blog.sina.com.cn/huuu258

一个码文字玩摄影的海边男人

➕ 加关注　　发私信　推荐给朋友　为他引荐朋友　悄悄关注

　　刚峰看世界： 麻弄村，国界线将其一分为二，上村属中国，下村归越南。两村同姓同宗，村中唯一的水井归上村，每遇干旱下村的越南人用水十分困难，麻栗坡县在外交部支援下专修几十里公路进村，为上村每户解决水窖后，用专款将水井进行改造并改名为"国际水井"，为两村人供水，一口水井又将两国两村的亲情联系在一起！

刚峰看世界： 城寨是白倮人保持原始风情最好的一个自然村，不仅有成片干栏式房屋而且村民依然保留着传统的吃、穿、唱等民风民俗，麻栗坡县委彭书记开车一百余公里带我们进村采风，县上投资近200万元为城寨农民增添电视、电话等设备，让他们过上了好生活！

多彩边陲

DUO CAI BIAN CHUI

▶ **部分评论：**

翠堤老董：昨天，城寨白倮人的一场祭龙仪式，竟然引来今天清晨不小的降雨，神了！早上站在者阴山的茶园，感受雨后边关的清新，尤其感到了和平阳光的可贵。（4月26日 21:24）

海口网圈圈圈社区：跟随刚峰先生看世界。（4月25日 13:44）

欧阳蓝懿：好向往那个地方！（4月25日 13:41）

感受边陲
——名博眼中的麻栗坡

204

部分评论：

SUN零佩：要考试就必须这样，除非取消考试了！（4月26日 23:29）

浆糊456：都是这么一步步过来的，只是这么厚重的一堆有多少是真正对自己有用的呢？（4月24日 23:00）

静媛雅致：话说，现在少有不垒成山的中学课桌了吧。（4月24日 21:08）

刚峰看世界： 云南麻栗坡的县委彭书记挺有意思，一改官场笔会的习俗，只带一随行在酒店门口简单握手欢迎后，便带我们十个博主先看医院再来学校，很难想象中越边境上山坳中的小县最豪华、最现代化的建筑是中学！晚餐没有客套，书记带我们在教师食堂吃快餐！同时还是散文作家的彭书记真有点挥墨写意！

黄胜友微博 V

💬 私信

http://weibo.com/huangshengyou

👤 北京，西城区

博客：http://blog.sina.com.cn/hshengyou

漂在京城。酷爱文化。热爱文字。手持单反。胜友如云。便览祖国。

+ 加关注　发私信｜推荐给朋友｜为他引荐朋友｜悄悄关注

黄胜友：4月24日是白倮人的荞菜节，我有幸来到地处云南大山深处的麻栗坡一个叫城寨的地方，参加了今年的荞菜节，也叫祭龙节。播种的季节，祈求大雨来临。白倮人自称是彝族的一支，有自己独特的祭拜活动。特别值得一提的是，当我们离开城寨来到中越边境马崩村时，一场豪雨顷刻而至，和我在城寨遇到的祈雨仪式应验。

多彩边陲

老端 V

私信
http://weibo.com/wavow
上海，浦东新区
博客：http://duanhongbin.qzone.qq.com/

+加关注　发私信　推荐给朋友　为他引荐朋友　悄悄关注

老端：老少边穷地区最大的特点就是缺水，这潭水名叫"国际水井"，就在中越边境。如此脏的水竟然是当地人多年的唯一饮水水源。现在经济发达了，中国麻弄上村因有政府补助，家家有水窖，但是越南麻弄下村还有很多人取这里的水用。许多人都知道，干净的饮用水是一切发展的前提啊。

下篇

红色记忆

走进激情边关

亲临红色老山

难忘多彩边疆

祝福锦绣边陲

艰苦奋战 无私奉献

云南省军区前指
麻栗坡县人民政府
一九九二年元月一日立

严建设 原创照片 旅游

http://blog.sina.com.cn/aa8807 [订阅] [手机订阅]

首页 博文目录 | 图片 | 关于我

正文　　　　　　　　　　　　　　　　　　　　　　字体大小：大 中 小

云雾弥漫中的老山主峰

【严建设云南游188】　　(2012-05-07 13:49:06)　　➕转载▼

标签：黄胜友 老山 麻栗坡县委 老山纪念馆 老山战役 麻栗坡采风 严建设 军事　　分类：【原创】严建设旅游美食图文

　　麻栗坡之旅终于到了老山主峰，这也是我所期盼的。此次麻栗坡之旅没看到一个收费的旅游景点，也没看到一个收费的所谓的表演，但我觉得收获颇丰，我们看到了、体验了当年老山战役的实地状况；看到了、体验了原始森林、白倮人的原生态寨子；感受到云南边陲少数民族的风貌，实属不易，比那些人工景点强100倍。

我和著名网友风之末端、宾语、黄胜友、刚峰、老不死、端宏斌，还有当年老山前线的著名记者董保延等人随麻栗坡县委办公室蒋主任到了老山主峰，攀越老山，心里还有点激动。

　　攀登老山主峰，入口处有巨大的水泥桩子，上面铸有"老山精神万岁"的字样，有武装士兵肃立站岗。

艰苦奋战 无私奉献

云南省军区前指
麻栗坡县人民政府
一九九二年元月一日立

我们一拥而上，纷纷与他合影留念，大家颇感快乐，难得来一趟。感谢哨兵卫士，只有他们的无私奉献才换来祖国的边境安全。帖子里我的照片大多数系黄胜友、宾语拍摄，感谢老黄，不要忘了在青岛请我吃虾米。

山上气象瞬息万变，忽而冷气渗入大雾弥漫咫尺难辨，忽而南风吹拂云开日出阳光灿烂。

老山主峰的界碑勘界工作于2008年12月20日完成。勘界也非常危险，到处是战争遗留下来的雷区，随处可见子弹、手榴弹、炮弹、形形色色的地雷。勘界时不但有地雷威胁，还得提防热带丛林里的毒蛇、蚂蟥、蚊虫的袭击。麻栗坡的勘界尤为重要，牵扯到老山、者阴山、扣林山、八里河东山等一些具有特殊意义的地区。勘界工作完成后，曾开了个庆祝大会。

当时我们有幸看到了珍稀树种桫椤，据说是现存唯一的木本蕨类植物，

红色记忆

HONG SE JI YI

极其珍贵，堪称国宝，被众多国家列为一级保护的濒危植物，感觉很漂亮。心想北京的傅德志大哥若在的话，必会给我增加很多山林知识吧！

　　下山时又起了大雾，道路两边耸立着高大的竹林。路边有个草书的标语，"固边强国"，前两字多数人认不出，但我习草书多年，认字自然不在话下。

 该博文在人民网、华商论坛网等多家网站发布。

▶ 部分评论：

嘉怡　2012-05-07 16:09:56
　　好想去旅行，感受大自然的安详！

飞雪扬花　2012-05-07 16:39:01
　　严老
　　雷区也敢进啊！

关中老男人　2012-05-08 13:21:27
　　看到严老的图文，很想亲身感受那个令人感动、熟悉而又陌生的地方。

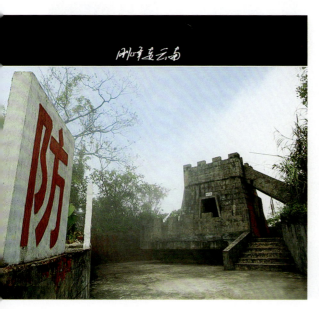

猫耳洞，对现代人来说可能是陌生的或神秘的，因为它名不见经传。然而，对于30年前我们这一代正值青春年少的人来说，却是一个热门词，它随着当年前线将士们的英名，常常萦绕在我们耳边，对我们这一代人可谓是如雷贯耳！

猫耳洞，之所以对很多人具有神秘的色彩，是因为很多人对它只是耳闻，很少目睹，更谈不上亲身的感受和体验。最多也只是在媒介上得到关于它的某些零碎的描述。4月底，我们一行在麻栗坡采风，非常有幸在相关部门的安排下，我们登上了目前依然还属军事重

211

下 篇

红色记忆

HONG SE JI YI

地的老山主峰，见证了猫儿洞的神奇并亲身钻进洞里，在和平时代体会了一把战争状态的感觉，什么是猫儿洞呢？让我来揭开其"庐山"真实面目吧！

"猫耳洞"从军事用语来说，它其实就是一种最普通的战地掩蔽工事。通常情况下，构筑在堑壕或者交通壕的两侧，拱形的半圆门，高约一米余，宽几十公分，纵深长度不等，小则仅供一人容身，大则可容纳三五人，其功能主要用来防炮击、藏身、储存弹药等，为坚守阵地的战士提供生存的空间。

由于老山地区属于典型的亚热带喀斯特地貌，山体上分布着许多大小深浅不一的溶洞，常被战士们当做天然的掩体，很大程度上弥补了难以构筑工事的不足。久而久之，有人便把小型的天然溶洞与人工挖掘的猫耳洞混为一谈，不分彼此。至于这种战地掩蔽工事，为何叫做"猫耳洞"这样一个有点儿古怪的名称，据称还是解放战争时期粟裕他们创造的，据说，有名的地道战其实最早的原型也是猫儿洞，后来各家各户连通一片才叫地道。当然这个历史有点远，暂且不表。

在那个血与火的燃情岁月，"猫耳洞"之所以成为当时点击率很高的关键词，一时成为人们关注的焦点，并不是因为它的形式，而关键在于它独特的内涵。如此小小猫耳洞，却与前线将士的生存条件、战

斗的胜败，乃至国威军威、人格精神等等密切相关，牵动着前后方亿万人的心。

在那个物质匮乏的年代，一批批年轻的戍边战士，终日的栖身之地就是这个狭小逼仄的猫儿洞。

进出必低头，站立必弯腰，即便是躺下了也要屈胳膊蜷腿，如同受刑一般，那种憋闷的滋味，可不是一般人能够体会到的。

洞内的阴暗潮湿更是难以尽述。典型的亚热带气候，温度高，湿度大，衣物霉烂，食品变质，被褥亦可拧出水滴。战士们只能穿背心裤衩，甚至像原始人那样赤身裸体。尤其进入雨季后，阴雨连绵不断，金贵的太阳难得露出笑脸，加之猫耳洞地势低洼，入口狭窄，少得可怜的阳光也未曾照进一丝半缕，雨水倒是往里流得欢畅。猫耳洞内积水满地，有时水深竟然漫过膝盖，无法蹲坐，躺下休息片刻更是奢望。战士们只好把用过的弹药箱垒成平台，用来支撑极度疲乏的身体，轮流坐在上面稍作休息，权作困苦煎熬中的享受。

洞内污浊不堪的空气，霉菌味、汗酸味，夹杂着说不出名堂的腥臭味，简直是污浊不堪，几乎置人于窒息；更为可怕的是各种热带昆虫的疯狂侵袭，蝎子、蜈蚣等狼狈为奸，恶毒的蚊蠓专门袭击虚脱发黄的皮肤，被叮咬处眨眼间肿胀起包，遇水发炎，溃疡腐烂，不时地流出脓液，疼痛钻心。

在如此恶劣的生存环境中，坚守前沿阵地的战士们，也只能喝着老天爷恩赐的雨水，啃食坚硬无味的压缩干粮，试想是什么精神支持着他们的坚强意志？

那就是我们这一代人对祖国的一片赤胆忠心！

这句话或许对于现在的年轻人来说感觉非常空洞，但却是当年年轻战士们的内心写照。

　　猫儿洞虽小但透过洞外展现开来的却是一个时代强烈的民族崛起的不屈不挠的精神！这种精神对于现在的时代，特别是对于年轻的朋友们，我以为依然需要传承！

◀ **该博文在凤凰网、腾讯网等多家网站发布。**

▶ **部分评论：**

潜帅　评论时间: 2012-05-13 06:28:52
　　这是一段真实的历史，向最可爱的人敬礼。众位网友转到自己的空间吧，让我们的下一代受一些教育。

爱的奉献　评论时间: 2012-05-13 08:04:12
　　这是一段真实的历史，向最可爱的人敬礼。众位网友转到自己的空间吧，让我们的下一代受一些教育。

冰山雪莲　评论时间: 2012-05-13 09:24:53
　　你让我们想起多少位为了保卫我们的祖国而牺牲的优秀中华儿女，以及为了祖国的繁荣而无私捐躯的人。可现在看看我们的身边又有多少为了国家和人民不计个人得失、一心为公、不计报酬又有良知的人……

开心:) 　评论时间: 2012-05-14 08:50:09
　　解惑了，刚峰老师辛苦啦！

老山主峰下的红歌林

【严建设云南游189】 (2012-05-07 17:42:27) ✚ 转载 ▼

　　红歌林本来没啥看头，但在老山意义就不一样了，那些流逝的响亮红歌寄托着无数老山烈士对幸福生活的期望。我们从老山主峰回到老山陈列室下面休息时，天气依然瞬息万变，忽而晴空万里艳阳普照，忽而浓云迷雾咫尺难辨，有薄云浓雾愁永昼之感。

　　我把红歌林仔细拍了一遍。可以说，这些红歌都是20世纪80年代初期流传甚广的歌曲，有的还被当年的团中央推荐命名为15首红歌，如今的年轻人耳熟能详，实属不易。听着这些歌曲，身临其境更能深刻体会到老山战士的无私付出。记得曾听彭书记

下篇

红色记忆 —— HONG SE JI YI

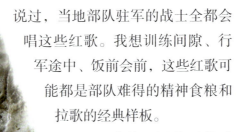

说过，当地部队驻军的战士全都会唱这些红歌。我想训练间隙、行军途中、饭前会前，这些红歌可能都是部队难得的精神食粮和拉歌的经典样板。

红歌林里用花石做质材，上面用电脑字体镌刻着曲谱和歌词。沿途有个猫耳洞嵌有楹联，系草书：洞天藏雄兵，老山若金汤。

红歌林边供人休憩的桌凳都是按照当年那些弹药箱子的模样做的，涂了军绿色的油漆，连垃圾箱也是仿弹药箱的样子来做的。可能在全国来说首开先河，以资纪念那场老山战役、那些流血负伤的英雄们。此后我将告别老山，长眠于麻栗坡的老山先烈们永垂不朽，你们是真正的祖国卫士和勇士。

该博文在人民网、华商论坛网等多家网站发布。

部分评论:

159*****700   2012-05-07 20:36:23
　　向那些为了国家献出生命的英雄敬礼!

新浪网友   2012-05-08 10:26:45
　　向英雄们致敬!

驴友推荐之将军洞探秘

2012-5-7 00:16 阅读(1.78万)

曼棍洞洞内有溪水流淌，洞为地下水流动而成，洞分中洞、上洞和下洞，中洞内有岔洞三个，形成洞中有洞，洞中有厅，洞中有水的格局。中洞直线4000余米，洞体高1.5~20米，宽3~25米，景观呈现密集型沿溪流分布，以次生碳酸钙沉积最甚，次以洞壁水蚀石景（基岩）为辅。基岩水蚀岩景以

200~1500米段最为壮观，200米处暗河两侧壁高1~1.7米，分布着两条带状石啮，长60米，宽2~4米，分布着呐状石啮，凹部呈不规则弧形，凸部平整，排列整齐、优美，北侧带状石啮面上发育有部分鹅管和低矮石幔，千丝百条缀满岩面，如此景观，实属罕见。约1000米处分布着"五彩石"，面积近200平方米，由青、赤、黄、黑、白五色构成，色彩斑斓，岩面有疏密有序排列岩鳞片状溶痕，有的群集类似锦锻的波纹和石刺。其他基岩或洁白或碧绿或斑斓，如同一幅幅天然山水画。约250~500米处

红色记忆

HONG SE JIYI

两山顶部还分布着天锅、吊岩等奇观。次生碳酸钙沉积物分布较为密集，分布着石钟乳、石笋、石柱、石旗、石幔布等多种类型。形态万千，有如帘幕的、有如灵芝的、有如飞瀑的雪白的石花……琳琅满目。漫游其中，步移景异，有的像恐龙长嘶、有的像猛虎怒啸，洞底溪水潺潺，空气新鲜。洞外两侧为悬崖陡壁，山势峻峭。

> 该博文在腾讯网等多家网站发布。

▶ 部分评论：

美色　评论时间: 2012-05-07 10:31:31
　　有时间去一趟。

明天会更好　评论时间: 2012-05-07 19:55:05
　　希望能和你一起探险哦……

侦熙　评论时间: 2012-05-08 08:52:23
　　没写具体坐落地址。

沧海一粟　评论时间: 2012-05-08 16:40:18
　　也许我也知道。

日志

实拍将军洞：走出55位将军的神秘山洞

一个山洞里10年间走出了55位将军。这在全世界怕是绝无仅有！

这是一个什么样的神秘山洞，将军们为何要在这里"十年面壁"？

我是崇拜英雄的。打小就读董存瑞、邱少云、杨根思的故事，看《地

221

下篇

红色记忆

HONG SE JIYI

道战》、《地雷战》、《平原作战》。书本上英雄会，睡梦中会英雄。我有着深深的英雄情结。

20世纪80年代，我崇尚老山英雄，梦想着有一天能来到老山主峰，看一看边防哨所猫耳洞，到烈士陵园为那些为国捐躯的烈士们敬上一杯酒。

20年后，我来到了老山，见到了走出过55位将军的"将军洞"。

将军洞位于麻栗坡国营天保农场南侧的岩脚，是一个天然形成的巨大洞穴。沿石阶前行几十米，我们来到只有一扇门大小的洞口，石洞的上方是一块几十吨重的巨石。若非被带着进来，是很难发现这个山洞的，也自然无法知道洞中的玄妙。进到洞来，豁然开朗，沿石阶而下，洞内有数块篮球场大小的平台，足以容纳数千人。将军洞全长100余米，高约15米，洞口距山顶约80米。

洞内有溪水流淌，洞为地下水流动而成。分中洞、上洞和下洞。中洞内又岔出三个洞，形成洞中有洞，洞中有厅，洞中有水。洞内分布着石钟乳、石笋、石柱、石旗、石幔布等，形态各异，栩栩如生。

　　将军洞是老山战役结束后，当地人给取的新名字。这里原本叫曼棍洞，是老山战役中一个前线指挥部的遗址。

　　据当时的随军记者、云南省著名作家董保延介绍，当时，这里是轮战部队前沿指挥所所在地。这个自然山洞是一个非常适宜开设前线指挥所的位置，十分有利于防空袭和防炮击。

　　当时，部队最早在曼棍洞开设指挥所。师野战医院在洞外的右下边，另外还有通信、工兵、防化等部队。

　　收复八里河东山之后，这里又成为某部队的前线指挥所。在部队换防后，一些部队都在这里开设前线指挥所，并指挥所属部队进行了一系列激烈战斗。

　　在长达10年的守卫国土作战中，这里先后走出了一大批具有卓越军事才能的中高级将领，"将军洞"的名声越叫越响。

　　这里到底走出来多少位将军？我听到的都是含糊的"几十位"。彭书记说，他们也想做个统计，但一联系，部队多了，一直理不出来个头绪。云南知名写手风之末端曾看到过一份材料介绍，说是少将以上共出了55个。

红色记忆

HONG SE JI YI

如今，硝烟散去，将军洞成了风景旅游区。

不能忘记那段历史。到这里不能只是为了旅游。

▶ 短信互动：

宾语：彭书记，将军洞里出过多少个将军？

彭辉：打老山时是师、军的指挥所。原来叫曼棍洞，当时常驻的有师的一帮子领导，有一个副军长代表军，后来从这个指挥部里出来的军官包括后面来过的部队有不少成了将军，所以当地人管这里叫将军洞。

宾语：我记不清那天说多少将军在此指挥过，好像说少将以上的有50人。

彭辉：战争中有不少将军来这里视察过，主要的说法是这个洞里出了不少将军，得有几十个吧。

宾语：是，说几十个太含糊了。

彭辉：麻栗坡打仗回去当将军的数不清了，曾经有过统计的想法，但来轮战的部队太多，没法弄清楚。有很多大军区的将军是这里成长起来的。宾语老兄！部队的事真没办法弄确切，只能说数十个吧。

宾语：好像那天是董保延说的。
我说五十个不会有人追究吧！

彭辉：有没有听过一个故事：一个非洲土著向游客介绍一具木乃伊时，很有把握地说有1001年的历史，大家惊叹时间的准确，问他，他说去年一个考古学家说有1000年来着，今年正好1001年。
哈哈！开玩笑呢。

宾语：哈！要不就写至少50位将军。

彭辉：我们曾经想统计来过的将军，但部队太多，后来又改编来改编去的，加上现在师、团里校一级的当时都是些新兵蛋子，新官不理旧账，说不清啊！

宾语：几十个不好交代，你给个大致的数字呗。嘿嘿！

彭辉：也可以。不要纠结了，你不是统计局的，说个数字没关系的。有刨根问底的主，你把责任推给老董就是，哈哈！

宾语：说多少呢？50位以上？哈！研究了半天，说明还是很慎重地。

彭辉：就怕第51个看了不高兴。

宾语：有点发愁。几十个也不好说，从20到90多都是这个范围。

彭辉：董老师也没这么准吧。你就说数十个，或者一批，保证没有人追究的。这个时候如果有网友不干了，肯定要问你准确数字，你就在网上扯啊扯的，点击率超高！最后你说涉及军事机密，不方便说准确数字的……
哈哈！开玩笑呢。

红色记忆
HONG SE JI YI

彭辉：看来你去搞论文的话一流，搞文学就只能搞纪实文学了，搞小说怕是慢得很！你发帖子的话说：出过多少将军就行，千万别说五十多个将军指挥打仗，那还不乱套。

宾语：好，谢谢啦！你看我们大半夜的还为军队的事操劳。哈！

宾语：我反复核实，赵立说他看到资料了，是55位。

彭辉：看到了，55位将军，腾讯的点击率蛮高的。

> 该博文在人民网、光明网、网易网、腾讯网发布。其中，光明、人民网在首页推荐。截至2012年5月22日，各大网站总浏览量为3.6万，总评论量为64。

部分评论：

三菱佳能　评论时间：2012-05-07 09:47:45
硝烟远去！战地犹存！

江涘老人　评论时间：2012-05-07 12:32:21
夸大其词。不过说是带兵的人轮流到那里驻守一段时间。什么走出55位将军？

果果　评论时间：2012-05-07 14:43:16
不能忘记的历史！

马马虎虎　评论时间：2012-05-08 07:25:43
一将功成万骨枯。

倒骑毛驴　评论时间：2012-05-08 11:39:43
曼棍，天保，那马，芭蕉坪……多少次梦中醒来泪湿巾。

评论时间：2012-05-08 22:10:17
不要忘记历史。

净云　评论时间：2012-05-09 08:44:39
人生自古谁无死，留取丹心照汗青。可敬可仰！

大苏向前冲　评论时间：2012-05-09 08:57:08
引自：江涘老人 于 2012年5月7日 12时32分21秒 发表的评论
引用内容：
夸大其词。不过说是带兵的人轮流到那里驻守一段时间。什么走出55位将军？
你好，走出55位将军的意思是，当时在那里指挥的指战员，现在有55位是将军了！请了解下历史！

实拍：战争给边民留下的创痕触目惊心

老山战役已经过去28年了。

28年过去，弹指一挥间。但那场已经远去的战争，却给当地百姓布下了一座永久的地雷阵。麻栗坡境内至今仍有四十余平方公里的雷区，因不慎触雷致伤残人数达数千人，年龄从8岁到84岁，动物牲畜死伤更是无法统

227

计。宾语从麻栗坡县医院了解到，单是今年以来，他们就收治了4名在田间触雷的群众。

马鞍山村民小组位于麻栗坡县东南部，隶属于天保镇天保村委会，是中越边境线上一个贫困的苗族村寨，与国境线只有200米远，也是老山战役作战中八里河东山战役战区范围。全村42户173人中，就有24户28人被地雷炸伤过，占总人口的16.2%。

在马鞍山村，我们见到了70岁的陶正美（苗族）阿婆，她一家就有两个人先后被地雷炸伤。

2008年，陶正美在地里拔草时，不慎踩着了地雷，头部、眼睛和耳朵被炸伤，留下残疾。

1987年，陶正美的大儿子——47岁的熊银兵左下肢被炸断。

42岁的陶兴华1991年被炸断右腿，1995年又被炸伤脸部和耳部。

陶兴华说，他这还不算最惨的，最惨的一个村民触过三次雷。地雷多数都是炸断腿，并不会要你命。因为没人敢进去，所以雷区的植被非常好。

同属于麻栗坡县天保镇天保村委会的苏麻湾村小组，距雷区只有600多米，全村有23户105人（均为苗族），被地雷炸伤过的就有8人，由于受战争、自然环境等因素的影响，基础设施建设滞后，经济发展方式单一，群众发展经济的能力不强，生产生活水平依然较为低下。

在采访中了解到，边民们都盼望着能够安居乐业，远离战争的硝烟。

 该博文在人民网、光明网、网易网、腾讯网发布。截至2012年5月22日，各大网站总浏览量为11.6万，总评论量为279。

> 部分评论：

威风♂乐乐☆ 评论时间: 2012-05-03 07:52:26
　　边境大扫雷的时候没有把这里的地雷清理出去吗？

岸 评论时间: 2012-05-03 07:53:10
　　哎，住在那地方，一辈子心也难安，怎么就没有迁出去？

净莲 评论时间: 2012-05-03 08:39:54
　　宾语老师辛苦了，感谢带我们了解到世间更多。

黎家美沙TONG 评论时间: 2012-05-03 08:45:51
　　真是触目惊心，比一般人想象的严重得多。
　　安居乐业，远离硝烟和战争是天下大多数老百姓的心愿。

杨剑锋 评论时间: 2012-05-03 09:40:43
　　战争，人类无法抹去的创伤，愿战争的历史不再重演。

风投客 评论时间: 2012-05-03 09:49:31

呵呵，不战争哪来的和平啊，要我们又有啥用啊，解甲归田啊，那是共产主义，与世无争？最愚蠢的理想，能吗？

流浪汉 评论时间: 2012-05-03 09:56:36

他们是被战争影响是不错，但是现在不叫贫困吧，从你的照片中看到全是二层砖瓦楼啊，我的家乡还没有呢，那不是特困了吗？

汇美舍保山店 评论时间: 2012-05-03 10:07:51

我看有个还年轻，当时被炸断腿的时候应该还是个孩子，战争啊……

海洋深情 评论时间: 2012-05-03 10:23:02

已经扫了很多雷区了，不过仍需努力啊！向那些在扫雷中牺牲的战士们致敬！

六柯 评论时间: 2012-05-03 10:29:52

不是说雷区都排雷排完了吗？"中越边境大排雷"，报道过的呀。

主人：哪能排得完呢？地下还多着呢。

平民 评论时间: 2012-05-03 10:46:43

感谢宾语老师让人们看到了战争给百姓带来的灾难。辛苦了！

ぬ運絽怂絽 评论时间: 2012-05-03 10:59:57

没想到离开文山十多年，还有没被排除的雷区。

梦想照进现实 评论时间: 2012-05-03 12:23:33

致敬，给那些为祖国作出重大贡献的普通人。

周耀 评论时间: 2012-05-03 14:35:56

我同情受害者，但是为了祖国的尊严，我想付出点没有什么，相比那些埋在青山之中的英魂要好得多了，希望你们理解我的话语，我没有一点幸灾乐祸的表情，相反，我认为你们的朴素和伟大正是我们这个民族所需要的。

与你偕老 评论时间: 2012-05-03 16:01:39

战争虽然可怕，但我们不惧怕战争，也不能完全摒弃战争的作用。

金碧坊 论坛 积分商城 家园 游乐场 排行榜 天气 兴趣小组　　　　快捷导航

金碧杂谈　坊间活动　驴友驿站　摄友江湖　青芜校园　文学原创　温暖云南　论房论市
民声民情　创业家园　驴游天下　天下视野　毕业联盟　情感私语　网上问法　楼盘情报
新闻评论　淘金坊　谈股论基　驴友坊　骑行联盟　色影坊　文媒八卦　校园坊　云南大学　生活坊　吃在云南　爱心坊　二手闲置　地产坊　业主论坛

请输入搜索内容　　　　　　　　　本版▾ 昆明　昭通　曲靖　玉溪　保山　楚雄　红河　文山　普洱　西双版纳　大理　德宏　丽江　怒江　迪庆　临沧

↪ 论坛 > 生活坊 > 文学原创 > 2012: 雅兰探访边睡麻栗坡

👤 发表于 2012-5-8 17:57:24 | 显示全部楼层　　　　　　　　　　　　　　　23#

硝烟散尽后的边境线

这次麻栗坡之行，去得最多的地方就是边境线上的界碑，一界之外是越南，界碑之内，边境上的边民还得种植粮食，在耕作的时候，很多人被战争遗留物炸死、炸伤，虽然战争的硝烟早已散尽，但是伤害还在继续。

马鞍山村民小组位于麻栗坡县东南部，隶属于天保镇天保村委会，距县城32公里，距镇政府所在地（国家级天保口岸）28公里。与老山相望，是中越边境线上一个贫困的苗族村寨，也是中越边境冲突作战中八里河东山战

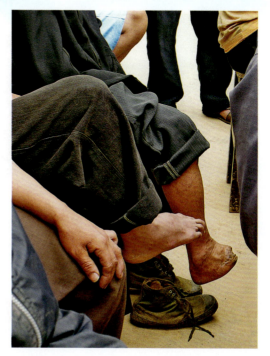

231

下篇

红色记忆

HONG SE JI YI

役战区范围。全村有耕地面积113亩，人均耕地面积0.65亩，有42户173人，其中有残疾户24户28人，人均纯收入只有1200元。由于受战争、历史、自然等因素的影响，基础设施建设滞后，经济发展较为缓慢，加之受战争创伤严重，群众的生活条件依然十分困难。

我们来到马鞍山，村民们早已经在村口等候了，坐下之后，一排的村民掀开了裤腿，一瞬间，我被这样一幅画面震撼住：一排齐刷刷的腿，安装着假肢，每一个假肢的安装处，有的拿块布包裹着，有的拿块红色的头巾包着，假肢上都有着很深的磨花了的痕迹，这样的肢体残疾，都是那场战争之后的结果，就是身带这样的残疾，这里的边民也还得照样下地干活。也是因为这样的残疾，让他们的生活变得越发的艰难。这时候，坐在后面一排的一个年轻的男人默默地脱下鞋子，一只不大的脚用布条缠了很多道，他一道一道地慢慢将布条揭开，我的心一下子提了上来，天啊，这是一只没有脚掌的脚，整个脚面只剩下一个脚后跟了，从来没有见过这样触目惊心的场景，我一下子呆住了，眼泪从眼眶涌了上来，战争给人类带来的灾难就这样赤裸裸地展现在我眼前，心里说不出的难受，乡上的人介绍，这样的残疾人还有很多，整个麻栗坡就有两千多人。

许是有了这样直观的感受，心里面更加的祈愿和平，在结束这场麻栗坡之行的时候我留下了这样一句话：不要战争，呼唤和平，愿麻栗坡的明天越来越好。

◀ 该博文在金碧坊网等多家网站发布。

严建设 原创照片 旅游
http://blog.sina.com.cn/aa8807 [订阅][手机订阅]

首页 | 博文目录 | 图片 | 关于我

正文　　　　　　　　　　　　　　　　　　　　　字体大小：大 中 小

南疆边陲帐篷小学的前世今生

【严建设云南游171】　　(2012-05-04 01:49:55)　　➕ 转载 ▾

标签：芭蕉坪 帐篷小学 麻栗坡县 少先队活动室 麻栗坡采风 严建设 七彩云南 教育　　分类：【原创】严建设旅游美食图文

　　这个标题不是我拟的，是爱漫画的网友老不死拟的。那个阴晴不定的4月末的一个下午，我们走进那个著名的帐篷小学后，照例看见一些列队欢迎的可爱的孩子们。爱开玩笑说话有点二的黄胜友牛高马大地走过去，挥挥手呼喊："同学们好！"

孩子们拖着长音齐声回答："老师好！"

"同学们辛苦了！"

照例拖着长音："老师辛苦！"

"同学们晒黑了！"

"老师更黑！"

可是最后这句话我听到的不是孩子们的回答，而

下篇

红色记忆

HONG SE JI YI

是老黄暗示性代替孩子们回答的。老黄信誓旦旦地说，他确实听到北京的孩子们如此回答。我深信不疑。20世纪70年代末那场老山战役中的随军记者、老英雄董保延听到后乐不可支，哈哈大笑喘气道："搞什么名堂！"

芭蕉坪的这个小学起源于20世纪70年代末那场老山战役。现在据说仍由云南省军区官兵援建。校名是康克清题写的，我暗中觉得校名应该由创办者题写更有意义。能在烽火岁月里不忘教育者难能可贵！

临走时校长拿出嘉宾留言册，希望我们签名留言。可是他们几个人都太谦虚，彼此退让不肯提笔留下墨宝。最后我和老不死只得代劳一番。

该博文在人民网、华商论坛网、新浪网等多家网站发布。

> ▶ 部分评论：

梦野　2012-05-04 01:57:56
　　这笑容简直太有点跨世纪了！

西安新格　2012-05-04 11:14:38
　　孩子的求知欲！

红色记忆 HONG SE JIYI

日志　　　　　　　　　　　　　　　　　　返回日志列表

者阴山 当年的战场今日的市场

2012-5-5 13:48 阅读(611)

👍赞　转载(6)　分享(6)　评论(7)　复制地址　举报　更多　　　　　　上一篇 下一篇｜麻栗坡扬万中学...

　　但凡四十岁以上的人可能记忆中都会有点印象，发生在云南麻栗坡老山者阴山那场中越边境冲突！

　　历史早已穿越了时空，硝烟也早已消逝在蓝天，当事过境迁时隔28年重上者阴山时，当你看到，昔日的战场变成了今日的边贸市场后，所有的感叹所有的回望都会犹如站在山岭远望青山那样——心峦起伏！

　　追寻和平，远离战火，其实无论何年何月，历朝历代古今中外，都是

人类永恒的主题。

当我来到这个据说是中国最小的边陲边贸小站，看到中越边民亲如一家如鱼得水地从事商贸活动时，我的所有感悟只有借助我的图片向诸位传递，朋友们你们看懂了吗？

该博文在凤凰网、腾讯网等多家网站发布。

部分评论：

润　评论时间: 2012−05−05 16:50:16
　　这是很好的教材，记住历史比存放在博物馆里更有意义的永恒教材！

7旬老人　评论时间: 2012−05−05 17:17:26
　　真实生活！我最喜欢的作品。

我为你变乖　评论时间: 2012−05−05 17:20:19
　　很有民族特色。

微博上的红色记忆

宾语的廉政空间 （设置备注）
http://weibo.com/u/2290466910
安徽，合肥
博客：http://blog.sina.com.cn/binyu0498

✓ 已关注 ｜ 取消　　　　求关注 ｜ @他 ｜ 设置分组 ｜ 更多 ▼

宾语的廉政空间：一个山洞里10年间走出了55位将军。将军们为何要在这里"十年面壁"？20世纪80年代，我梦想着有一天能来到老山，看看猫耳洞，到烈士陵园为那些为国捐躯的烈士们敬上一杯酒。20年后，我来到老山，见到了走出过55位将军的"将军洞"。

▶ **部分评论：**

激流永俊: 将军们想麻栗坡了吗？（5月8日 11:31）

昆明雅兰: 回复@宾语的廉政空间:是啊，这事可以挖掘一下。（5月8日 09:46）

宾语的廉政空间: 回复@昆明雅兰:统计一下，应该是相当有意义的事。（5月7日 23:45）

昆明雅兰: 将军洞的将军今安在？（5月7日 13:33）

大山臧雷: 还是叫曼棍洞好些。（5月7日 13:32）

宾语的廉政空间: 向英雄致敬！（5月7日 12:50）

宾语的廉政空间：我是反对战争的人。到中越边境的麻栗坡县，见到那些因战争给边民留下的触目惊心的创痕后，我更加坚定我的看法。但有的时候，和平是需要用战争来争取和保障的。

宾语的廉政空间：

老山战役，已经过去28年了，却给当地百姓布下了一座永久的地雷阵。当地至今仍有四十余平方公里的雷区，因不慎触雷致伤致残人数达数千人，年龄从8岁到84岁，动物牲畜死伤更是无法统计。单是今年以来，麻栗坡县医院就收治了4名田间触雷的群众。

▶ 部分评论：

云南写手风之末端：八里河东山下。（5月16日 00:02）

云南写手风之末端：至少，"现代可以完全做到的排雷技术"可以卖给美国人和国际禁雷组织，相信能够卖大价钱。中越边境已经多次扫雷。上图左起第三位，就是下雨后，在自家田地里被冲刷下来的地雷炸残的。（5月17日 23:53）

严建设 （设置备注）

私信

http://weibo.com/aa8807

陕西，西安

博客：http://blog.sina.com.cn/aa8807

人民网省级版主、华商网民生栏目主持人。央视凤凰卫视、省市电台电视台及国内外网站各大报刊杂志多次介绍。新浪博客日均访问量为10万。电88081999

✓已关注 ｜ 取消　　　　　发私信　求关注　@他　更多 ▼

严建设： 发表了博文《麻栗坡曼棍山将军洞》——麻栗坡曼棍山将军洞，曼棍山的将军洞名至实归，那里山高林密、非常隐蔽，拾阶而上，穿过狭窄石门，进得洞口，则豁然宽敞。

刚峰看世界 V

◼ 聊天

http://weibo.com/u/1839486264

👤 海南，海口

博客：http://blog.sina.com.cn/huuu258

一个码文字玩摄影的海边男人

➕加关注　发私信　推荐给朋友　为他引荐朋友　悄悄关注

刚峰看世界：走进老山纪念馆，同行的有当年战地记者的董兄，他一边给我们讲解，一边寻找昔日战友生活的情节，竟然在展板上看到了他自己的一张照片，我帮董兄记录下了当时的镜头，作为一种怀念，作为一段历史，随着展览厅的老照片一并发上来，来纪念老山战争的战士灵魂！

红色记忆

HONG SE JI YI

部分评论：

翠堤老董：我们当时的主题词是：爱国，先从脚下这块土地爱起！

激流永俊：老董呀！您可是这场冲突的宣扬者，模范哨长骆科帮曾说：老董曾带我们走了半个中国作报告，为的就是宣扬中国人的士气，"人不犯我，我不犯人，人若犯我，我必犯人"，战争是残酷的，但中国人不可欺呀！（5月12日 16:07）

刚峰看世界：入夜，见酒店两大巴车下来一堆中年男人，一问得知是来自贵州的客人，他们曾是老山参战的退伍军人！原来明天是收复老山主峰28周年纪念日，老兵们明天将自发举办隆重祭奠活动，当同行的当年战地记者董兄告知我人群中有一白发翁就是当年攻战的刘指挥长，我肃然起敬！明天我将别离麻栗坡，谨此向死去与活着的英雄们致敬！

漂在意大利：向这些为了祖国而献出生命的烈士们致敬！(4月28日 20:21)

祥云火炬：历史将此战与改革开放紧密联系在一起。(4月28日 19:16)

腓尼基品游俱乐部：转,希望更多人能铭记真实的历史,感谢真实的英雄！(4月28日 10:27)

腓尼基品游俱乐部：向默默无闻的英雄致敬! 感谢你们! (4月28日 10:22)

UFO呢：收复老山主峰?现在还在不? //@摘星手010：这是离我们最近的一场战争, 也是被遗忘得较为彻底的一场战争。(4月28日 09:52)

古砚磨平何聚墨：人民的鲜血就是这样悄无声息地洒在南疆,可怜老山将士骨,马革裹尸为国家。娘亲闺中梦里人,一江秋月泪暗洒。(4月28日 09:37)

YN李晓群：1984年的今天,我是这些军人中的一员,在老山。//@微笑高棉：致敬! (4月28日 09:36)

严晓冬2011：不应该被遗忘的记忆。(4月28日 08:04)

左边边围脖：值得纪念的日子! (4月28日 07:56)

翠堤老董：4月28日——一个值得记住的日子。向阵亡烈士默哀,向守土卫士致敬! (4月28日 00:29)

刚峰看世界： 天保镇马鞍山苗族村42户173人，因受战争遗留物的影响共有28人被地雷炸伤致残，加上自然条件破坏导致经济发展缓慢百姓生活困难，在各级政府帮助下建起了新房，我们一行到达此村慰问致残村民，图为知名博主风之末端、宾语、黄胜友、严建设、端宏斌等与村民交流现场！

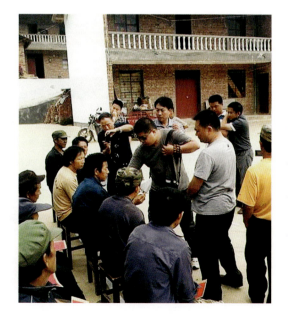

红色记忆 HONG SE JI YI

感受边陲
——名博眼中的麻栗坡

246

> **部分评论：**

文山同城会：谢谢关注边疆老区。（5月2日 12:54）

激流永俊：马鞍山的建设同时也得到外交部的大力扶持，这些因战伤残人员为了生活，还需在地里长年耕作……（5月1日 13:17）

刚峰看世界：登上老山主峰是阴阳两重天！在一会儿阴一会儿阳的气候中，仿佛将老山的历史从迷雾中阴郁却阳光地展现在我的面前！庆幸老山终归永久耸立在祖国边陲线上，让当年为国捐躯的英杰们能长眠九泉而含笑！

老端 V

私信

http://weibo.com/wavow

上海，浦东新区

博客：http://duanhongbin.qzone.qq.com/

+加关注 发私信 推荐给朋友 为他引荐朋友 悄悄关注

老端：又是一年"4·28"，28年前的今天，云南老山前线战事正酣，这场战争持续了整整十年。为了边疆安宁和祖国尊严，无数军人流血流汗，奋勇杀敌，为祖国为人民奉献了青春年华，甚至献出了宝贵的生命。

红色记忆

HONG SE JI YI

阿芳YF：28年前，年少的我关注着遥远的老山战争，所关注的方法就是看报纸报道。22年前，我的表弟与朋友去了云南麻栗坡当兵。我曾经无数次往这个地方写信，难忘啊。(4月28日 19:05)

大朵太阳：只有经历过战争的军人，才能真正称得上军人。(4月28日 11:05)

煦晖拂过：我们这个时代佑护过我们的金刚。(4月28日 09:35)

doudoubo：不能忘记的历史！(4月28日 09:26)

安以影藏：这段历史，国家太不重视了！(4月28日 09:17)

莫莫王：致敬！中国军人的血性不能丢，和平年代，不好战，但也不能怯战！别让前辈打下的疆土葬送于后辈的软弱！(4月28日 08:54)

老端：中国"中越边境冲突"大家可能都听说过，"老山前线"可能也听说过，但是者阴山以及"两山轮战"可能很少人知道了。我准备从我的角度写一写这些战争的原因、经过，先行做个预告。

老端：现在的"80后"和"90后"们，还有人知道"老山前线"吗？这张照片（经过艺术加工）中的主人公是史光柱，云南省马龙县人，他被誉为中国最酷军人。

部分评论：

大山藏雷：史光柱在进攻战斗中任代理排长，重伤住院。他的排没有全部牺牲。其所在连队与敌人作战半年，共牺牲9人。(5月1日 10:48)

老山英雄V：我们一百多位当年参加过"两山"作战的战友，五一节到麻栗坡扫墓，重返老山，不知道当地政府有没有什么协助？(4月25日 19:20)

老端：回复@老山英雄V:100多人呀！那你们要尽早订地方，我帮你转一下。(4月26日 23:21)

祥云火炬：看了你们一行几天的麻栗坡行。生动、鲜活、简洁。如所有人发微博都在文首加 #_____# 号，就方便共享相关内容了。如 #麻栗坡采风# ，大家统一标签，就完美了。呵呵，一个小建议。(4月26日 20:10)

红色记忆

HONG SE JI YI

翠堤老董 V （设置备注）

📧 私信

http://weibo.com/u/1231171255

👤 云南，昆明

博客：http://blog.sina.com.cn/yndby

一个生活在昆明市翠湖边爱写作拥有博客也有了微博的人

⇄ 互相关注 | 取消　　　发私信　@他　设置分组　更多 ▼

　　翠堤老董：下午，登上了八里河东山，1982年，这里曾被誉为"八十年代的上甘岭"。走进芭蕉坪的马鞍山村，慰问26位被炸掉手脚或失聪的村民。他们无疑是战争灾难的见证者，也是和平阳光的呼吁者。祈祷边境的山路上不再有如此惨剧发生。

▶ **部分评论：**

激流永俊：战争已经结束20多年，但给边疆群众带来的伤害远没结束！(4月27日 19:20)

翠堤老董：每次走进麻栗坡烈士陵园，总有一种激动在心头。为那场难忘的战争，为那些过早逝去的青春英魂，为历史留下的太多纪念！守护陵园16年的小张告诉我，前天，有200多名来自深圳的参战老兵前来祭奠。我在纪念碑前为烈士敬酒、敬烟时，眼睛情不自禁湿润了。

昆明雅兰 （设置备注）

http://weibo.com/u/2673695581

云南，昆明

博客：http://blog.clzg.cn/?162

一支幽兰，在红尘俗世静静的绽放……

✓已关注 | 取消　　　求关注　@她　设置分组　更多 ▼

昆明雅兰： 在麻栗坡烈士陵园祭奠，意外找到赵占英烈士的墓，这个出生在昆明嵩明的云南士兵，曾因为一首《妈妈我等了你二十年》在网络上引起大家的关注，去年我还去看过这位妈妈，历史不该忘记他们啊。

部分评论：

昆明雅兰：是的，这次麻栗坡笔会，我都没想到会站在赵占英烈士的墓前，去年去看望他妈妈的时候，还没有这么深刻的感触，这次，我替他妈妈来看看他。（4月26日 20:52）

祥云火炬：看了你们一行几天的麻栗坡行。生动、鲜活、简洁。（4月26日 20:18）

临池偬纷疾乃缓

人生无常伪可真

世事沉重须放手

心镜灵虚应通神

二〇一三秋 三有堂

新春感怀

器物盈缺自有成

府仰之间看众生

主命人力各分晓

进退得失几重门